KB062352

로크미디어가
유혹하는
재미있는 세상

ROK
MEDIA
로크미디어

어게인 마이 라이프

SEASON 2

어게인 마이 라이프 Season 2 17

2017년 4월 19일 초판 1쇄 인쇄
2017년 4월 24일 초판 1쇄 발행

지은이 이해날
발행인 이종주

기획 팀 이기헌 송윤성 왕소현
책임 편집 최전경

발행처 (주)로크미디어
출판등록 2003년 3월 24일
주소 서울시 마포구 성암로 330 DMC첨단산업센터 3층 314호
Tel (02)3273-5135 **Fax** (02)3273-5134
홈페이지 rokmedia.com **E-mail** rokmedia@empas.com

© 이해날, 2016

값 8,000원

ISBN 979-11-6048-812-8 (17권)
ISBN 979-11-255-8823-8 04810 (세트)

SEASON 2

어게인
마이 라이프
SEASON 2

이해날 장편소설

ROK
MEDIA
로크미디어

CONTENTS

Chapter 1

뚝, 희우는 그대로 전화를 끊어 버렸다.

천호령 회장은 노기 어린 시선으로 끊긴 전화를 노려봤다.

싸늘한 공기가 안을 채우고 있었다.

앞에 앉아 있던 오명성 대통령이 조금 걱정스러운 표정으로 천호령 회장을 바라보며 물었다.

"무슨 일이 있습니까?"

천호령 회장의 눈이 오명성 대통령에게 향했다. 그리고 언제 인상을 찌푸렸냐는 듯 미소를 지으며 고개를 저었다.

"아닙니다. 별일 없습니다."

천호령 회장은 미소를 짓고 있지만 오명성 대통령은 불안함을 떨치지 못했는지 다시 물었다.

"방금 누구에게 온 전화입니까?"

당연한 반응이다.

지금 오명성 대통령과 천호령 회장이 계획하는 일은 천 길 낭떠러지에서 외줄을 타는 것과 같았다.

작은 바람이 분다 하더라도 마음을 놓아서는 절대 안 되기 때문에 의심이 가는 모든 것을 확인해야 했다.

천호령 회장이 물끄러미 오명성 대통령을 바라봤다.

오명성 대통령의 불안한 심리를 느꼈기에 김희우에게 전화가 온 걸 속여야 할지 말해야 할지 고민하고 있었다.

그리고 입을 열었다.

"김희우에게 전화가 왔습니다. 우리 계획에 대해 냄새를 맡은 것 같습니다."

"……!"

오명성 대통령의 미간이 일그러졌다.

독재를 성공시키기 위해선 그들의 계획이 다른 누군가에게 알려지는 것만은 막아야 했다. 아니, 막을 수 없더라도 최소화시켜야 한다. 그런데, 다른 사람도 아니고 김희우라니.

김희우는 몇 년 전, 상상할 수 없는 권력을 가졌던 조태섭을 나락으로 떨어뜨렸던 사람이다.

그런 놈이 계획을 알았다니, 문제가 심각했다.

하지만 천호령 회장은 아무 일도 아니라는 듯 잔잔한 미소를 그리며 술을 입에 대 입술을 적셨다. 그리고 말했다.

"우리가 해 나갈 일에는 태풍도 불고 비도 몰아칠 겁니다. 때로는 천지가 진동하는 지진이 일어날 수도 있지요. 지금 김희우라는 작은 바람이 분다고 걱정하고 계시면 앞으로 걸어 나갈 수 없습니다. 여기서 그만하시겠습니까?"

오명성 대통령의 입에서 깊은 한숨이 흘렀다.

그는 고개를 저었다.

이미 발을 담갔다.

뒤로 물러나기는 늦었다.

천호령 회장이 빙긋이 웃으며 말했다.

"대통령님은 김희우라는 이름이 거슬리는 모양입니다."

오명성 대통령이 억지로 미소를 지으며 답했다.

"거슬리지 않는다고 하면 그게 더 이상한 일이죠."

"김희우를 처리할 쉬운 방법이 있습니다."

오명성 대통령의 눈이 반짝였다.

"쉬운 방법요?"

천호령 회장이 고개를 끄덕이며 말했다.

"네, 대통령님께서만 하실 수 있는 일이지요. 하지만 하실 수 있을지 조금 걱정됩니다."

"말씀하세요. 우리는 이미 한배를 타고 있습니다. 배에 구멍이 나면 막아야 하죠. 이때 해야 할 행동은 가장 쉽고 빠른 방법입니다."

"검찰에 압력을 넣어 천하 그룹을 조사해 주십시오."

"천하 그룹을요?"

오명성 대통령의 눈이 작게 떠졌다.

천호령 회장이 계속 말했다.

"국민의 여론은 천하 그룹이 검찰의 손에 쥐이기를 바라고 있습니다. 그리고 천하 그룹은 김희우와 큰 연관성이 있지요. 김희우의 안사람이 천하 그룹 김용준 회장의 여동생이니까요. 천하 그룹의 비리가 알려지면 알려질수록 김희우의 지지율 역시 떨어질 겁니다."

"……."

"그리고 지지율이라는 게 떨어지면 다른 곳이 오르기 마련입니다. 김희우가 떨어지면 대통령님의 지지율이 올라갈 겁니다."

오명성 대통령의 주름진 미간은 펴지지 않았다. 그가 말했다.

"그 반대의 경우도 생각해야 합니다. 천하 그룹을 검찰에서 조사했다고 해도 달리 나오는 게 없다면 더 큰 문제가 되지 않을까요? 정부와 검찰이 천하 그룹과 짜고 하는 쇼라는 말이 돌겠지요."

천호령 회장이 희미하게 미소 지으며 고개를 저었다.

"천하 그룹의 왕위에 오른 김용준, 비록 자신의 여동생 힘으로 손쉽게 오른 자리지만, 그래도 천하 그룹이라는 거대 그룹의 오너입니다. 그 자리를 유지하는 시간 동안 손이 깨끗할 수 있었을까요? 피도, 오물도 묻혔을 겁니다. 제 손으로 하지 않았다 하더라도 흙탕물이 튄 흔적은 바짓단 어딘가에 남아 있을 겁니다. 죄가 없을 거라는 건 걱정하지 않으셔도 됩니다."

오명성 대통령은 술잔을 들며 무거운 표정으로 고개를 끄덕였다.

"알겠습니다. 검찰에 언질을 넣어 두겠습니다."

천호령 회장이 슬쩍 오명성 대통령의 얼굴을 보며 입꼬리를 말아 올렸다.

"그럼, 대통령님만 믿겠습니다."

잠시 후, 오명성 대통령이 떠난 자리에 천호령 회장이 홀로 앉아 테이블 위에 손을 들어 움직이고 있었다.

꼭두각시 인형을 조종하는 듯한 손놀림이다.

누구에게도 보이지 않았지만 천호령 회장의 눈에는 자신의 손가락에 연결된 실과 그 아래에서 움직이고 있는 대통령이라는 이름의 인형이 보이는 것 같았다.

그때 똑똑똑 문 두들기는 소리가 들렸다.

"들어와."

미닫이문이 열리고 도시 상어 조진석이 들어와 천호령 회장을 향해 고개를 숙였다.

천호령 회장은 꼭두각시를 움직이던 손을 테이블 아래로 내리며 말했다.

"찍은 건 USB에 넣어 둬."

"알겠습니다."

대통령과 했던 모든 대화는 촬영되고 있었다.

그리고 그 영상은 천호령 회장의 USB에 고스란히 보관되는 중이었다.

만약을 위한 일이다.

오명성 대통령과 잠시 손잡고 있다고 하지만 천호령 회장은 정치인을 믿지 않았다. 그가 지금까지 봐 온 정치인이란 족속들은 위기의 순간에 자신의 몸만 빼내는 데 특화된 사람들이었으니까.

천호령 회장이 조진석을 보며 말했다.

"김희우 옆으로 애들 좀 붙여 둬. 눈치가 빠른 놈이니 평범한 놈으로 붙여 두면 금방 발각될 거야. 항상 지켜보다가 언제든 죽일 수 있게 준비하도록."

조진석의 눈이 빛났다.

드디어 천호령 회장의 입에서 희우를 죽인다는 말이 나왔다.

그것은 조진석이 기다리고 있던 일이었다.

조진석이 다시 고개를 숙였다.

"알겠습니다. 날랜 놈들 몇 명을 붙여 두겠습니다."

조진석의 입에 비릿한 미소가 걸렸다.

그 시각, 희우는 천하 그룹 회장실에서 김용준 회장과 마주 앉아 있었다.

희우는 찻잔을 들어 올리며 슬쩍 김용준 회장의 눈빛을 바라봤다.

며칠 전에 봤을 때와 김용준 회장의 눈빛은 많이 바뀌어 있었다.

일전에 둘째 김자혁과 만나 지주사 변경에 관한 논의를 할 때 김용준 회장의 눈빛은 거의 죽어 있다시피 했다.

다음 지주사로 결정된 천하 생명의 지분을 거의 가지고 있지 못했기 때문이다.

하지만 지금은 달랐다.

그의 눈빛은 자신감이 넘치고 있었다.

희우는 작게 한숨을 내쉬며 말했다.

"천하민 대표를 만났습니까?"

김용준 회장의 자신감 넘치던 눈빛은 순간 당혹으로 바뀌었다. 그의 눈에는 '어떻게 알았지?' 라는 말이 그대로 적혀 있었다.

희우가 말을 이었다.

"천하민 대표가 형님에게 자금을 밀어 준다고 합니까?"

김용준 회장의 표정은 굳어졌다.

하지만 그는 대답하지 않았다.

희우의 입에서 다시 한숨이 흘렀다.

그가 아무런 답도 하지 않았지만 표정만으로 알 수 있었다.

희우가 계속 말했다.

"자금을 밀어 줄 테니, 알짜 계열사 몇 개 챙겨서 분리하라고 합니까?"

김용준 회장은 짧게 답했다.

"그래."

희우가 고개를 저었다.

"어떻게 하실 겁니까? 천하민과 손잡을 생각입니까?"

다시 김용준 회장의 입에서 짤막한 대답이 나왔다.

"그래."

희우의 미간이 일그러졌다.

바로 얼마 전에 둘째 김자혁이 계열 분리를 하겠다고 했을 때, 분노로 이를 갈던 김용준이었다.

그런데, 이번엔 자신이 한단다.

희우의 입에서 실소가 터졌다.

김용준 회장이 말했다.

"자네가 약속해 준다면 천하민과 잡은 손을 놓을 수 있어."

"제가 어떤 약속을 해야 하죠?"

"천하 생명이 지주사가 된 후에도 나를 회장 자리로 계속 밀어줬으면 좋겠어. 물론 지금처럼 경영에 대해 간섭하지는 않았으면 하고. 그럼 내가 천하민과 손잡을 필요가 없지."

희우가 어이없다는 듯 고개를 저었다.

"내가 형님을 밀어주지 않으면 천하민과 손잡고 계열 분리를 강행하겠다는 협박을 하시는 겁니까?"

"협박이 아니라 거래야."

희우가 머리를 쓸어 넘겼다. 그리고 차가운 눈으로 김용준 회장을 바라봤다.

"하나만 물어보겠습니다. 회장 자리에 앉아 있는 이유가 무엇입니까?"

갑작스러운 질문에 김용준 회장은 잠시 아무 말도 하지 못했다.

그는 전대 회장인 김건영 회장의 장남이다.

비록 감옥에 가 있는 동안 잠시 여동생에게 회장 자리를 내주기는 했지만 회장 자리는 당연히 자신의 것으로 생각하고 있었다.

어렸을 때부터 천하 그룹의 왕좌는 자신이 앉아야 하는 자리라고 생각했고 그렇게 자라 왔다. 당연히 그 어떤 이유도 없었다.

김용준 회장이 입을 열었다.

"뭐겠나? 아버지가 못다 이룬 세계 제일의 그룹을 만들 목표를 이루기 위해 앉아 있는 거지."

희우가 한숨을 내쉬었다.

"그래서 그 자리를 빼앗길 것 같으면 없애겠다는 말인가요?"

김용준 회장이 난처한 얼굴로 말했다.

"누가 없앴다고 했나? 계열 분리는 없애는 게 아니야. 극단적인 표현은 삼갔으면 좋겠네."

"알겠습니다."

희우는 고개를 끄덕였다. 그리고 자리에서 일어섰다.

원래 김용준 회장을 찾아온 이유는 다른 데에 있었다.

천하 그룹을 향한 시위에 대한 대처와 천호령 회장과 대통령이 하는 일에 대한 계획을 세우고자 함이었다.

하지만 희우는 그에게 그 이상의 말은 하지 않고 회장실을 떠났다.

희우가 떠난 자리를 보며 김용준 회장의 미간이 일그러졌다.

"건방진 놈."

그는 조태섭의 시대에 천하 그룹이 어떻게 살아남았는지 이미 기억을 못 하고 있었다.

희우가 천하 그룹을 위해 했던 일을 지나가는 도움이었다고만 치부할 뿐이었다.

잠시 후, 희우는 자신의 사무실에서 상만과 마주 앉아 있었다.

희우는 물끄러미 상만을 바라봤다.

상만은 희우의 시선을 피해 물만 홀짝였다.

희우와 오랜 시간을 함께 보낸 상만은 희우가 저런 표정을 지으며 자신을 볼 때마다 꼭 힘든 일을 시킨다는 걸 잘 알고 있었다.

두 사람의 사이에 시간만 흘렀다.

그렇게 적막이 내려앉고 있을 때, 희우가 입을 열었다.

"재밌는 이야기 해 줄까?"

"듣고 싶지 않아도 들어야겠죠? 네, 해 주세요."

"대통령이 천호령 회장과 손잡고 독재를 하려고 해."

"……!"

상만의 눈이 조금 과하게 말하면 눈동자가 빠질 것처럼 크게 떠졌다.

다른 사람이 말했으면 농담으로 치부하고 넘겼을 말.

하지만 그 말을 한 상대가 희우다.

상만은 어안이 벙벙한 표정으로 물었다.

"농담이죠?"

아무리 희우가 한 말이라 해도 독재라는 말은 상만에게 와 닿지 않은 모양이었다.

희우가 슬쩍 웃었다.

"내가 거짓말을 왜 해? 지금 천하 그룹을 상대로 시위하고 있잖아? 이게 조금 있으면 무력시위로 변할 거야. 시위의 목표는 없어. 국민이 불안을 느끼고 시위대를 맹비난할 때까지 시위는 더 거세질 거야."

"왜요?"

"그래야 대통령이 국민의 지지를 얻어 계엄령을 선포할 수 있으니까."

상만의 눈이 동그랗게 커졌다.

지금 희우의 입에서 나오는 말엔 단 하나도 현실감이 느껴지지 않았다.

멍한 눈의 상만을 보며 희우가 말했다.

"내가 먼저 천하 그룹을 칠 생각이야."

상만의 눈이 더 커졌다.

상만이 더듬더듬 말했다.

"천하 그룹을 치다뇨? 사장님, 지금 무슨 소리 하는 건지 아세요?"

상만은 희우가 이상해지지는 않았는지 그의 눈앞에서 손바닥을 휘휘 저어 보이기까지 했다.

그리고 실성한 사람처럼 웃기 시작했다.

"지금까지 다 장난이었죠? 에이, 정말 속을 뻔했네요. 사장님이 천하 그룹을 왜 쳐요? 말도 안 되는 소리죠. 그리고 대통령이 독재한다고 하면 사람들이 호락호락 당할 것 같아요? 요즘이 어떤 세상인데요."

하지만 희우의 눈은 더없이 차가웠다.

"천하 그룹 회장, 그러니까 나에게는 손위 처남인 김용준 회장을 끌어내릴 거야."

상만은 침을 꿀꺽 삼켰다.

희우의 말이 진심이라는 걸 느끼고 있었다.

"그, 그게 말이 되나요? 형수님이 뭐라고 안 하시겠어요?"

희우가 어깨를 으쓱해 보였다.

"하겠지."

"그런데, 왜요?"

"대통령과 천호령 회장이 천하 그룹을 쪼갤 생각을 하고 있어. 그게 천호령 회장이 대통령의 독재를 부추기는 이유지."

상만의 눈에는 혼란만 가득했다.

이런 세상에 말도 안 되는 이야기가 희우의 입에서 나오고 있기 때문이다.

희우가 말을 이었다.

"천호령 회장, 단 한 사람의 개인적인 욕심으로 세상이 흔들릴 거야. 아무런 대비 없이 천하 그룹이 쪼개지면 알맹이는 외국 자본에 흡수되고 대한민국에 남아 있는 건 쭉정이가 될 거야. 물론 언론을 이용해서 '그럴 리는 없다. 천하 그룹은 대한민국의 기업이다.'라고 포장은 잘하겠지."

상만은 아직 이해 못 한 표정이었다.

"대통령이 왜요? 천하 그룹이 무너지면 대한민국 경제는 어떻게 하려고요? 대통령이라면 그런 걸 생각해야 하지 않나요? 독재를 해도 경제는 살려야 하잖아요."

희우는 피식 미소 지었다.

"독재까지 생각하고 계신 양반이 경제를 왜 생각하고 있어? 어떻게 하면 정권을 계속 잡고 있을지만 고민하겠지. 나라야 어떻게 되든 정권만 잡으면 된다는 생각일 거야."

상만이 고개를 저었다.

"설마요."

하지만 상만은 확실히 아니라는 소리를 하지 못했다.

그가 지금까지 지켜본 정치인이라는 사람들을 믿을 수 없기 때문이다.

희우가 상만을 보며 슬쩍 미소 지었다.

"그 설마를 막아야 하는 게 우리의 일이겠지?"

희우는 오늘 천호령 회장에게 선전포고했다. 상대가 어디로 움직일지 알 수 없었기에 일부러 한 행동이었다.

상대가 어디로 튈지 모른다면 자신이 예측 가능한 범위에서 상대가 움직이게 해야 한다.

이제 천호령 회장은 천하 그룹을 향해 손을 뻗을 게 분명했다.

가만히 생각에 빠져 있던 상만이 물었다.

"제가 뭘 해야 하나요?"

희우가 시선을 돌려 상만의 표정을 바라봤다. 그리고 말했다.

"그렇게 긴장하고 있을 필요 없어. 편하게 생각해."

"어떻게 편하게 생각해요? 지금 사장님 말씀 듣고 있으면 벌써 무서운데요. 빨리 제가 할 일을 말씀해 주세요."

"제왕 화학에 들어가."

"네? 또요?"

"뭐가 또야? 들어간 적 없잖아?"

상만이 고개를 저었다.

"아니, 들어간다 만다 말만 한 게 벌써 얼마나 됐는지 아세요? 그런데, 또 제왕 화학에 들어가라뇨?"

"들어가."

"가서 뭘 해요?"

"천하민을 구워삶아."

상만이 머리를 긁적였다.

"아, 장일현 그 인간을 또 만나야 하는군요. 그 얼굴 보고 싶지 않았는데요."

"장일현이는 왜?"

"능글맞게 자기가 최고라고 생각하는 표정이 너무 싫어요."

상만의 표정은 정말 힘들어 보였다.

그를 보며 희우는 슬쩍 미소 지었다.

그날 밤, 희우가 현관에서 신발을 벗고 있을 때 아기를 재우고 나온 아내가 희우의 앞에 섰다.

"오빠 만났어?"

오늘 아침, 희우는 김용준 회장을 만나러 간다며 밖에 나갔다.

희우가 고개를 끄덕이자 아내는 물끄러미 그를 바라봤다.

천하 그룹을 상대로 한 시위가 거세지고 있으니 김용준 회장과 어떤 대화를 주고받았는지 궁금한 모양이었다.

희우가 와이셔츠를 벗으며 말했다.

"먼저 상의할 게 있어."

"말해."

희우가 옷을 갈아입고 소파에 앉자 아내가 그 앞으로 다가왔다.

희우가 시선을 들어 아내와 눈을 마주치며 말했다.

"먼저 이걸 물어보고 싶네. 한국에서 그룹 창립자는 사람들의 존경을 받았는데, 최근의 재벌들이 왜 존경받지 못하는지 알고 있어?"

아내가 고개를 끄덕였다.

"창립자의 경우는 전쟁 이후 배고픔을 없애기 위해 근로자들과 함께 고생했던 기억이 있지만 최근의 경우는 태어났더니 재벌 같은 인식 때문에 그런 거 아냐? 고생하지 않고 돈을 손에 쥐었다는 그런 거?"

희우가 고개를 끄덕였다.

말을 하던 아내가 가만히 희우를 바라봤다.

두 사람 사이에 적막감이 들었다.

아내가 말했다.

"혹시 용준이 오빠 이야기를 하는 거야?"

희우가 고개를 끄덕였다.

"맞아. 형님은 고생하지 않고 돈을 손에 쥐었어. 그리고 그게 당연하다 여기고 있어. 그래서 그런지 형님은 회장 자리에서 내려오는 게 마음에 들지 않나 봐. 천하 그룹을 분리하려 하고 있어."

"……!"

희우가 조금 미안한 표정으로 아내를 바라보며 계속 말했다.

"형님은 장인어른인 전대 회장 김건영 회장님의 천하 그룹을 지키고 싶은 게 아니라 자기가 회장 자리에 앉아 있고 싶은 거야. 그러니 곧 제왕 호텔 천하민 대표와 손잡고 계열 분리에 박차를 가할 거야. 시기는 지주사가 변경된 이후겠지."

아내의 표정이 딱딱하게 굳어졌다.

희우는 아내의 표정을 살피며 천호령 회장의 계획을 이야기했다.

딱딱해졌던 아내의 표정은 이제 창백해져 가고 있었다.

도저히 믿지 못할 이야기였으니까.

희우가 계속 말했다.

"그래서 미안하지만 난 천하 그룹을 이용하려고 해. 그런데 그 과정에서 첫째 형님은 검찰에 조사를 받고……."

"구속되는 거야?"

희우가 어깨를 으쓱해 보였다.

"아마."

아내는 잠시 더 가만히 서 있다가 쓸쓸한 표정으로 소파에 앉았다.

그녀의 입에서 나직이 한숨이 흘렀다.

"그럼, 자혁이 오빠가 회사를 이끄는 거야?"

"글쎄."

아내의 입에서 다시 한숨이 흘렀다.

"아빠가 하늘에서 어떤 표정으로 우리를 보고 계실까?"

그 시각, 희우의 아파트 앞에서 회사원처럼 말끔한 정장을 입은 남자가 담배를 입에 물었다.

그리고 조진석에게 전화를 걸었다.

"집에 불이 꺼졌습니다. 이제 잠을 잘 모양입니다."

－알았다. 일거수일투족을 감시하도록 해.

"알겠습니다."

정장을 입은 남자는 전화를 끊으며 담배 연기를 입으로 내뱉었다.

하지만 그는 모르고 있는 게 있었다.

희우의 집, 커튼이 쳐져 있는 사이로 희우의 눈이 그를 내려다보고 있다는 것이었다.

다음 날.

한지현의 커피숍이 오픈하는 날이었다.

가게 앞으로 희우가 보낸 화환이 섰다. '국회의원 김희우'라고 적힌 글씨가 크게 보였다.

한지현은 가게 밖으로 나와 화환을 보다가 미소를 지으며 희우에게 전화를 걸었다.

"네, 화환 받았어요. 마음에 들어요. 감사해요."

"그래요? 제일 큰 걸로 보내 달라고 했는데, 마음에 드셨으니 다행이네요. 그런데 아무리 개업 날이라고 하지만 장사가 정말 잘되는데요?"

희우의 목소리가 수화기 너머가 아닌 바로 옆에서 들려왔다.

한지현이 고개를 돌리자 그녀의 옆으로 희우와 상만 그리고 서도웅이 미소를 지으며 서 있었다.

모자를 눌러쓴 희우가 입가에 미소를 지우지 않고 말했다.

"축하드립니다. 앞으로도 번성했으면 좋겠습니다."

옆에 있던 상만이 창을 통해 가게 안을 들여다보며 입을 열었다.

"개업 날에 손님 없으면 어떻게 하나 걱정되어서 와 봤는데 괜한 걱정이었나 보네요. 우리 앉을 자리도 없는 것 같아요."

상만의 말대로 커피숍 안에는 손님들이 가득했다.

한지현이 상만의 시선을 따라 창문 너머로 가게 안을 보며 말했다.

"그러게요. 전 봉사할 정도만 적당히 되었으면 했는데요. 이렇게 계속 잘돼서 봉사 다닐 시간도 없으면 어떻게 하죠?"

상만이 어깨에 힘을 주고 크게 웃기 시작했다.

"봉사란 시간이 없어서 못 하는 게 아닙니다. 돈 많이 벌어서 많이 기부하세요. 하하하."

서도웅이 피식 웃으며 고개를 저었다.

"박상만 사장님부터 솔선수범해서 봉사하면 어떨까요? 요즘 시간도 남아도는 것 같은데."

상만의 미간에 주름이 잡혔다.

"나 지금 휴가 며칠 안 남았거든? 조금 있으면 또 쉴 시간 없이 일해야 해."

"제발 어서 바빠지셨으면 합니다. 의원 사무실에서 과자 부스러기 치우는 게 얼마나 힘든지 아세요? 그런데 여기 커피숍 알바생들 정말 예쁘네요."

상만이 고개를 저었다.

"아무래도 지임 씨가 제일 예쁘지."

서도웅이 황당한 표정으로 상만을 바라봤다.

"사장님, 요즘 좀 이상해요. 제발 예전의 카리스마 있던 박상만 사장님으로 돌아와 주세요."

두 사람이 티격태격하고 있을 때, 한지현이 가게 안을 가

어게인
마이라이프
SEASON2

리키며 희우에게 말했다.

"들어오세요. 커피 드릴게요."

희우가 고개를 끄덕였다.

"맛있는 걸로 부탁드립니다."

"어떤 걸 드세요?"

"전 아메리카노. 상만아, 넌 뭐 먹을래?"

"단 거, 찬 거요."

아무거나 달콤하면서 시원한 걸로 달라는 말이다.

그들은 한지현의 안내를 받아 커피숍 테이블에 앉았다.

서도웅이 가게 안을 둘러보며 말했다.

"매일 이렇게 장사되면 정말 떼 부자 되겠어요. 여긴 회사원들이 주로 있는 곳이라 자리 잡고 공부하는 사람도 없으니까 회전율도 높을 것 같은데요?"

장사가 잘된다는 말이 나올 때마다 상만의 콧대가 높아지고 있었다.

이 자리를 찾아낸 게 상만이었기 때문이다.

상만이 팔짱을 낀 채 희우를 보며 거만하게 말했다.

"이 자리, 제가 얻은 거 아시죠?"

"보는 눈 많이 좋아졌네? 얼마 전에 봤을 때는 다시 가르쳐야 하나 생각했는데."

"네? 다시 가르친다뇨? 제가 사장님보다 늦게 시작해서 그렇지, 부동산 시장에 있던 시간만 따진다면 훨씬 많을걸요?"

희우가 슬쩍 웃으며 고개를 끄덕였다.

"응, 그런데 너, 빈 상가 있는 건 어떻게 할 거냐? 팔리지도 않을 것 같은데."

"빈 상가라뇨?"

"공사 중지된 상가 있잖아. 네가 돈 될 것 같다고 사 뒀다며?"

지난번, 동남아인을 가둬 뒀던 상가를 말하는 거다.

상만이 서도웅을 흘겨봤다.

"너 어디까지 얘기했어?"

뜬금없이 화살이 자신에게 향하자 서도웅이 황당하다는 표정을 지었다.

"뭘 어디까지 얘기해요. 다 얘기했죠. 지금 제게 월급을 주시는 분은 박상만 사장님이 아니라 김희우 의원님이십니다. 하하하하. 김희우 의원님 만세!"

상만이 미간을 찌푸렸다.

"너 나중에 다시 나하고 일할 때 보자."

"그때는 또 박상만 사장님께 충성을 다하겠습니다."

한지현이 커피를 가지고 와 세 사람의 앞에 뒀다.

상만이 물었다.

"어? 여기는 셀프 아니에요?"

한지현이 살짝 웃었다.

"셀프 맞아요. 그런데 오늘만 특별히."

그들이 그렇게 담소를 나누고 있을 때, 입구로 누군가가 들어왔다.

한지현이 고개를 돌려 입구를 보며 인사했다.

"어서 오……."

하지만 그녀의 인사말은 이어지지 못했다.

그녀의 얼굴이 딱딱하게 굳어졌다.

그녀뿐만이 아니라 상만의 표정 역시 굳어지고 있었다.

안으로 들어온 사람은 김석훈이었다.

김석훈은 잠시 테이블을 둘러보더니 희우가 있는 테이블을 향해 천천히 걸어왔다. 그리고 그 앞에서 뚝 멈췄다.

김석훈이 희우를 보며 말했다.

"어울리지도 않는 모자를 쓰고 있군."

희우가 슬쩍 웃었다.

"김석훈 의원님과 달리 전 알아보는 사람이 많아서요."

김석훈의 시선이 옆에 어정쩡하게 서 있는 한지현에게 향했다.

"출소했다는 건 들었어."

한지현이 김석훈에게 살짝 고개를 숙였다.

하지만 지금도 그녀의 표정은 딱딱하게 굳어 있었다.

그녀가 조태섭의 아래에서 일할 때, 김석훈 역시 조태섭과 함께 일했기 때문이다.

한지현은 김석훈이 자신을 배신자라 여긴다고 생각하고 있었다. 그리고 김석훈이라는 사람이 얼마나 무서운 사람인지 잘 알고 있었다.

그녀의 굳어진 얼굴을 보며 김석훈이 말했다.

"출소 축하해."

"감사합니다."

한지현의 목소리는 떨리고 있었다.

희우가 자리에서 일어나 한지현과 상만 그리고 서도웅을 보며 말했다.

"아, 김석훈 의원님은 제가 불렀습니다. 상만이와 도웅이를 데리고 해야 할 이야기가 있는데 마땅히 만날 장소가 없어서요."

한지현이 고개를 끄덕인 후 말했다.

"그럼, 말씀들 나누세요."

희우가 그녀의 불안한 마음을 잠재워 주기 위해 이유를 말했지만 그녀로서는 계속해서 김석훈과 마주 보고 있는 게 불편한 모양이었다.

한지현이 떠나자 김석훈이 주변을 둘러보며 말했다.

"여긴 보는 눈이 너무 많지 않나?"

"네, 하지만 우리 이야기는 아무도 신경 쓰지 않을 테니 걱정하지 마십시오. 그리고 우리에겐 여기가 더 안전합니다."

그 말에 김석훈은 의자를 빼서 테이블에 앉으며 말했다.

"감시가 붙었나?"

희우가 고개를 끄덕였다.

"아직 확실하지는 않은데, 어제부터 우리 집 근처를 배회하는 놈이 있더군요."

"그럼 여기가 좋겠군."

감시가 있을 때는 두 가지 방법으로 대응해야 한다.

감시의 눈을 피해 숨어서 만나거나 아니면 사람이 많은 곳에서 만나는 거다.

조용한 공간이라면 이들이 하는 말이 새어 나갈 수 있다.

하지만 장사가 잘되는 커피숍이라면 음악 소리와 사람들의 말소리 때문에 이들이 하는 말은 감시자의 귀까지 들어가기 힘들다.

김석훈이 말했다.

"중요한 단어는 빼고 이야기하지. 천호령 회장의 의중은 나도 자네의 전화를 받고 알았어."

독재에 관한 이야기였다.

김석훈이 상만에게 시선을 돌리며 계속 말했다.

"그런데 박상만이가 다시 제왕 화학에 들어가야 하는 이유가 있나? 천하민이 아무리 바보라 해도 이런 상황이라면 박상만을 받아 주지는 않을 것 같은데?"

그 말에 상만이가 고개를 끄덕이며 말했다.

"저도 그렇게 생각합니다. 받아 주면 바보죠."

희우가 커피 잔을 내려 두며 입을 열었다.

"그건 걱정하실 필요 없습니다. 천하민이 상만이를 받을 수밖에 없게 만들면 되는 거니까요. 뭐, 그건 제가 알아서 할 일이고 의원님은 장일현을 시켜서 천하민과 상만이가 만날 수 있는 약속을 잡아 주시면 됩니다."

"그뿐인가?"

"네, 그뿐입니다. 그리고 의원님이 몇 명의 의원을 움직일 수 있습니까?"

김석훈이 힐끗 상만과 서도웅을 바라봤다. 그리고 다시 희우에게 시선을 옮겼다.

"그 이야기는 나중에 하지."

상만과 서도웅을 믿지 못한다는 뜻이다.

희우가 고개를 끄덕였다.

"알겠습니다. 다른 이야기를 하지요. 며칠 전에 천시현이 찾아왔습니다. 김석훈 의원님이 보냈다고 하던데요."

김석훈이 고개를 끄덕였다.

"맞아. 내가 만나 보라고 했어."

"이유가 뭔가요?"

"알지 않나? 내가 지금 이 자리에 있는 건 천호령 회장의 힘이 커. 천호령 회장이 자네와 만나 커피를 마시고 밥을 먹는 정도는 개의치 않는 것 같지만."

김석훈이 잠시 말을 멈췄다. 그리고 힐끗 상만과 서도웅을 바라봤다.

희우가 말했다.

"천시현에 관한 이야기는 두 사람도 알고 있습니다. 얼마 전에 사무실에 찾아왔을 때 만났으니까요."

김석훈이 고개를 끄덕이며 말을 이었다.

"천시현의 남편이 사망했고 그게 천호령 회장과 연관되어 있다면 내가 그걸 캘 수 있을까? 천호령 회장이 가만히 보고 있을 리가 없어. 그래서 난 자네에게 넘긴 거야. 난 아직 천호령 회장과 부딪혀서는 안 되는 단계니까."

희우는 김석훈의 눈을 가만히 바라봤다.

'천호령 회장과 아직은 부딪혀선 안 된다고?'

평소 자신의 생각을 깊게 이야기하지 않는 김석훈이었다. 그가 이 정도로 생각을 드러내고 이야기하는 건 처음이었다.

희우의 눈이 작게 떠졌다.

지금 김석훈이 드러낸 자신의 생각이 희우가 수렁에 빠지도록 의도한 이야기인지 아니면 진심인지 파악할 수 없었다.

희우가 물었다.

"천시현이 의원님께 꽤 중요한 인물이 되었나 봅니다. 천호령 회장의 눈에 거슬릴 걸 알면서도 제게 연결해 준 걸 보면요."

김석훈의 진실을 파악하기 위해 돌려 묻고 있었다.

하지만 김석훈은 대답하지 않았다.

그의 입가에 희미한 미소만 걸렸을 뿐이다.

잠시 후, 김석훈은 한지현이 가져다준 커피를 들어 입술을 적신 후 입을 열었다.

"자네의 말은 끝났나? 그럼 이제 내가 요구를 할 차례군."

"검찰에서 조사가 들어갔을 때, 장일현을 살려 주지는 못한다고 그때도 말씀드렸습니다."

김석훈이 고개를 저었다.

"아, 그런 게 아니야. 자네, 지금 천유성과 손잡고 있나?"

희우의 눈이 작게 떠졌다.

김석훈이 피식 웃었다.

"대답하지 않는 걸 보니 잡은 모양이군. 그럼 요구 조건이 쉽겠어. 난 지금 천하민과 손잡고 있어. 물론 중간에 장일현이라는 이름의 미꾸라지가 흙탕물을 만들어 버리는 바람에 소원해지기는 했지만 여전히 그 끈은 유지되고 있는 상태지."

김석훈은 서울로 올라왔을 때, 제왕 호텔에서 묶으며 자연스레 천하민과 손잡았었다.

그 연으로 장일현을 제왕 화학 대표 자리에 앉혀 두고 있기도 했다.

김석훈이 시선을 돌려 희우의 눈을 바라보며 말을 이었다.

"천유성에 관한 정보를 내게 줘."

"이유는 뭔가요?"

"나도 천하민에 관한 정보를 자네에게 주지."

희우의 입에서 작게 한숨이 흘렀다.

김석훈의 말에서 그 목적성을 찾을 수가 없었다.

'도대체 뭘 원하는 거지?'

가만히 김석훈의 눈을 들여다보고 있었지만 그의 눈에선 그 어떤 것도 보이지 않았다.

김석훈은 자신의 의도를 파악하려는 희우의 눈빛을 읽고 피식 웃었다.

"걱정하지 마. 자네에게 해가 될 건 없을 테니까. 우리가 일을 벌이는 이유는 달라도 목적은 같을 거야. 나 역시 천유성, 천하민 형제를 이용해 제왕 그룹의 천호령 회장을 끌어내리고 싶으니까."

희우가 슬쩍 미소 지었다.

김석훈의 말을 전부 믿을 수는 없었다.

희우가 물었다.

"이유를 물어보면 답해 줄 겁니까?"

"안 해 줄 거라는 걸 알고 있지 않나?"

희우가 고개를 끄덕였다.

"알겠습니다. 정보 공유를 하죠. 다만 제한적인 정보라는 걸 알아주셨으면 합니다."

김석훈의 입가에 희미한 미소가 걸렸다.

"그 정도면 충분해. 나도 자네에게 전부를 공개할 생각은 없으니까. 좋아. 그럼 거래가 성사되었군. 난 이만 일어나겠어. 나이가 드니까 시끄러운 곳에 오래 앉아 있고 싶은 마음이 없어."

김석훈이 자리에서 일어나려 할 때, 희우가 말했다.

"지난번에 한미에 관한 이야기를 잠깐 한 적 있잖아요?"

"……?"

한미는 희우의 고등학교 동창이자 김석훈의 딸이다.

그리고 지금 그녀는 의문의 죽음으로 세상을 떠난 한상제 변호사의 가족을 돌봐주고 있었다.

김석훈이 물끄러미 희우를 바라봤다.

뜬금없이 한미의 이야기를 한 희우의 의중에 의문이 들었기 때문이다.

희우는 재킷 안 주머니에서 편지 봉투를 꺼내 테이블에 올렸다.

"제 연수원 동기의 가족이 한미와 함께 있습니다."

"……."

"동기에게 딸이 하나 있는데, 얼마 전 제게 편지 하나를 보냈습니다."

희우가 힐끗 김석훈을 살폈다.

김석훈은 어떤 말과 행동도 하지 않고 편지 봉투를 가만히 보고 있을 뿐이었다.

희우가 계속 말했다.

"편지의 내용은 잘 지내고 있다는 말이고, 사진도 한 장 보내왔습니다. 집에서 작은 파티를 하며 사진을 찍은 모양이에요. 거기에 한미와 한미 엄마의 사진도 있는데, 보지 않으시겠어요?"

편지 봉투를 바라보는 김석훈의 표정과 행동엔 변화가 없었다. 하지만 김석훈의 목울대는 움직였다.

순간이었지만 희우는 그걸 놓치지 않았다.

분명 동요하고 있다는 거다.

김석훈이 고개를 저었다.

"내가 볼 필요는 없겠군."

그리고 머뭇거림 없이 자리에서 일어났다.

그때 옆에서 가만히 있던 서도웅이 눈치 없이 말했다.

"의원님, 궁금해서 그러는데 제가 한번 봐도 될까요?"

희우가 고개를 끄덕였다.

"보고 싶으면 봐."

희우의 허락이 떨어지자 서도웅은 편지 봉투를 꺼내 안에 든 사진을 확인했다.

한미와 그녀의 어머니, 그리고 한상제 변호사의 아내와 딸이 잔디밭 위에서 바비큐를 해 먹고 있는 사진이었다.

서도웅의 눈은 한미에게 가 있었다.

"와! 연예인이에요? 누구예요? 완전 예쁘게 생겼네요? 제가 여기 커피숍 사장님도 그렇고 김희우 의원님 사모님도 그렇고 박상만 사장님의 여자 친구도 다 예쁘다고 생각했는데, 이분은 진짜 예쁜데요?"

희우가 물었다.

"지금 그게 무슨 말이야?"

서도웅이 미소 지으며 답했다.

"죄송해요. 너무 예뻐서 말이 꼬이나 봐요. 그냥 제가 본 여자 중에 연예인 포함해서 제일 예뻐요. 의원님, 지금 이분하고 연락하고 계신가요? 저 소개해 주시면……."

서도웅의 말은 이어지지 못했다.

김석훈이 그의 손에 있는 사진을 빼앗아 들었기 때문이다.

지금껏 평정심을 가지고 있던 김석훈의 눈동자는 분노로 가득했다.

그가 서도웅을 보며 딱 한마디 했다.

"넌 안 돼."

그리고 차가운 눈빛만 남긴 채 사진을 가지고 그 자리를 떠났다.

잠시 후, 석고처럼 굳어 있던 서도웅은 김석훈이 완전히 사라지자 그제야 움직이기 시작했다. 서도웅이 자신의 가슴을 쓸어내리며 말했다.

"방금 저분이 저를 죽이려고 한 거죠? 눈빛 봤어요? 와, 간 떨어질 뻔했네."

옆에 있던 상만이 서도웅의 어깨에 손을 두르며 말했다.

"도웅아, 뭐라고? 지임 씨보다 방금 사진 속에 한미 누님이 더 예쁘다고? 그 말 취소해야지. 지임 씨는 여신이야."

희우는 상만과 서도웅을 바라보며 희미한 미소를 지었다.

어게인
마이라이프
SEASON 2

지금껏 김석훈의 의도와 속마음을 알아보기 위해 여러 질문을 해 왔었지만 김석훈은 만만치 않은 상대로서 희우에게 자신의 속마음을 보여 주지 않았다.

하지만 방금 서도웅의 돌발 행동으로 김석훈이 쓰고 있던 가면의 일부가 벗겨졌다.

아직 확실하지는 않지만 김석훈의 의도가 조금은 예상되고 있었다.

희우의 시선이 서도웅에게 향했다.

"네 덕에 조금 알겠다."

"네? 뭘요."

"있어."

희우는 슬쩍 웃으며 커피를 들어 마셨다.

'김석훈은 권력을 잡으려는 게 아닌가?'

확실하지 않은 추론이었지만 그쪽으로 무게가 실리고 있었다.

⚜

그 시각, 제왕 호텔 대표 천하민은 자신의 아버지, 즉 제왕 그룹 회장 천호령의 서재에 서 있었다.

천호령 회장이 주름으로 가득한 눈으로 천하민 대표를 바라봤다.

"무슨 일이야? 한창 일하고 있을 시간 아닌가?"

천하민 대표가 천호령 회장의 책상 앞으로 다가오며 말했다.

"천하 그룹 김용준 회장에게 계열 분리에 관한 말을 전했습니다."

천호령 회장이 대수롭지 않다는 표정으로 고개를 끄덕이며 물었다.

"그래? 그놈은 뭐라고 했지?"

천호령 회장의 뜨뜻미지근한 태도에 천하민 대표는 살짝 미간을 찌푸렸다.

얼마 전, 천호령 회장은 천하민 대표와 그의 형인 천유성 대표를 불러 놓고 그룹의 후계자가 될 사람을 정하겠다는 말을 했었다. 그리고 그 조건으로 천하 그룹을 쪼개라는 지시를 내렸다.

형인 천유성 대표보다 한 발짝 앞서 나가고 있다는 걸 보고하고 있는데 저런 태도라니.

하지만 천하민 대표는 금세 아쉬운 표정을 지우고 입을 열었다.

"김용준 회장은 제가 한 제안을 받아들일 수밖에 없을 겁니다."

천호령 회장이 고개를 저었다.

"마지막까지 방심하지 마. 천하 그룹에 김희우가 있다는 걸 잊어선 안 돼."

"김희우요? 아버지도 참, 김희우가 뭘 할 수 있다고 그런 염려를 하십니까? 놈은 그저 인기 조금 있는 국회의원일 뿐이에요. 당이 없으니 세력도 없어요."

천호령 회장의 눈이 천하민 대표를 뚫을 듯이 바라봤다. 그리고 천천히 말했다.

"조태섭이가 그런 방심을 하다가 미끄러졌어. 네가 조태섭보다 강하다고 생각하나?"

천호령 회장의 얼음장 같은 눈빛에 천하민 대표는 입가에 걸린 미소를 지웠다.

천호령 회장이 말을 이었다.

"언론사를 가지고 있지?"

"네, 언론을 이용할 일이 있나요? 말씀만 하십시오."

천하민 대표가 싸늘해진 분위기를 반전시키기 위해 조금 경쾌한 목소리로 말했지만 천호령 회장의 표정은 여전히 좋지 않았다.

천호령 회장이 말했다.

"내일부터 나갈 기사의 헤드라인을 좀 만져. 제목은 '팔은 안으로 굽는다. 김희우, 천하 그룹을 감싸다.' 같은 식으로."

"네? 헤드라인을 만지라고요?"

천하민 대표가 얼떨떨한 표정으로 천호령 회장을 바라봤다.

김희우에 관해서 방심하지 말라고 한 것까지는 이해했다. 그런데 검증되지 않은 사실로 언론 플레이를 지시하는 건

이해할 수가 없었다.

검증되지 않은 방법은 자칫 역으로 공격당할 수도 있기 때문이다.

천호령 회장은 계속 말을 이었다.

"헤드라인은 검증된 것처럼 자극적인 제목을 만들라고 지시해. 다만 기사 말미를 '무엇한 것으로 전해진다. 관계자가 밝혔다.' 등으로 얼버무리면 될 거야."

천하민 대표의 눈빛은 뭔가 마음에 들지 않는 모양이었다.

그의 눈빛을 보던 천호령 회장이 낮은 목소리로 말했다.

"시키면 시키는 대로 해."

"알겠습니다."

천하민 대표가 천호령 회장을 향해 깊게 고개를 숙였다.

서재를 빠져나가는 천하민 대표를 보며 천호령 회장은 고개를 저었다.

"멍청한 놈."

하나를 알려 주면 하나라도 제대로 알아야 하는데, 그걸 못하니 답답할 뿐이었다.

많은 사람들은 스마트폰을 이용해 기사를 읽는다.

하지만 대다수는 SNS를 통해 헤드라인만 확인할 뿐, 기사의 내용까지 파악하지 않았다.

헤드라인으로 만들어 낸 의혹이 눈덩이처럼 불어나 희우를 덮칠 거라는 걸 천하민 대표는 생각 못 한 모양이었다.

닫힌 문을 물끄러미 바라보던 천호령 회장은 순간 몸에 느껴지는 고통에 입을 꽉 다물었다. 그리고 부르르 떨리는 손으로 책상 서랍을 열어 약통을 꺼냈다.

최근 고통이 찾아오는 시간이 눈에 띄게 짧아지고 있었다.

저승사자가 들고 있는 명부에 새겨진 자신의 이름이 점차 짙어지고 있다는 걸 느낄 정도였다.

충혈된 눈빛의 천호령 회장이 약을 먹으며 의자에 등을 기댔다.

"나는 아직 할 일이 많아."

여든이 넘은 노인이었지만 세상에 대한 미련은 그 누구보다 많았다.

그날 밤.

희우는 제왕 백화점 대표이사실에서 천유성 대표와 마주 앉아 있었다.

희우가 찻잔을 들어 올리며 물었다.

"왜 제게 손을 잡자고 제의하셨는지 궁금합니다. 천호령 회장님은 천하 그룹을 쪼개라고 한 것 같은데요."

천유성 대표가 고개를 끄덕였다.

"아버지는 분명 그렇게 지시했어. 하지만 정말 그게 후계를 정하려는 방법일까? 아버지는 우리에게 당신의 계획을 말씀해 주시지 않았어. 정말 후계를 생각하고 있었다면 계획을 공유했겠지. 그럼 왜 후계 자리를 거론하면서까지 일을 지시했을까?"

천유성 대표의 입꼬리가 말려 올라갔다.

희우가 답했다.

"천유성 대표님과 천하민 대표를 다루기 쉽게 하려고 거론한 겁니까?"

천유성이 고개를 끄덕였다.

"그래, 아버지는 당신이 세운 계획을 나와 천하민이가 제대로 따르지 않을 거라고 판단한 거야. 애초에 후계 자리를 우리에게 줄 생각이 없는 것도 있을 테고."

천호령 회장은 후계 자리라는 달콤한 보상을 거론하며 천유성과 천하민을 조종하려 했다.

하지만 천유성 대표는 진규학 의원에게 돌아가는 사태를 듣고 천호령 회장의 계획을 파악해 버렸다.

희우가 물었다.

"천하민 대표에게도 언질을 주고 천호령 회장님의 뜻을 굳이 따를 필요 없다는 걸 알려 주는 게 좋지 않을까요?"

천유성 대표가 고개를 저었다.

"아니, 내가 말한다고 해도 믿을 놈이 아니야. 오히려 의심하겠지. 그놈은 그놈대로 생각 없이 움직여 주는 게 내겐

어게인
마이라이프
SEASON2

편해."

말을 하던 천유성 대표가 물끄러미 희우를 바라보며 물었다.

"그런데, 자넨 괜찮겠나? 아버지의 성격이라면 천하 그룹과 자네를 연관 지어서 지지율을 꺾으려고 할 텐데? 정치인이라면 지지율이 중요하지 않나?"

희우가 고개를 저었다.

"인기 얻으려고 의원이 된 것도 아닌데, 상관하지 않습니다."

천유성 대표가 고개를 끄덕였다.

"다행이군."

그리고 희우에게 서류 뭉치 하나를 던지며 말을 이었다.

"자네의 사람을 제왕 화학에 넣는다고 했지? 그 서류면 천하민을 설득할 수 있을 거야."

희우는 서류 봉투를 건네받아 안에 있는 내용물을 확인했다.

재무제표의 수치를 고의로 왜곡한 제왕 화학의 분식 회계 장부와 실제 장부가 함께 있었다.

희우가 다시 서류를 안으로 집어넣으며 고개를 끄덕였다.

"이 정도면 적당하겠네요."

"그 자료를 사용한 후에 돌려줬으면 좋겠어. 아, 돌려주는 장소가 여기는 아니야. 자네, 검사 출신이니 검찰에 아는 사람 많지? 그쪽에 던져 줬으면 좋겠어."

말을 하는 천유성 대표의 뱀눈은 웃고 있었다.

희우가 고개를 끄덕였다.

"알겠습니다. 그렇게 하죠."

천유성 대표는 분식 회계 자료를 통해 제왕 화학을 뒤흔들 생각을 하고 있었다.

제왕 화학이 흔들리면 그 위에 있는 천하민 대표 역시 흔들릴 수밖에 없다.

천유성 대표는 천호령 회장의 지시에 따르지 않고 스스로 제왕 그룹의 왕좌에 앉을 생각을 하고 있었다.

천유성 대표가 자리에서 일어나 희우에게 악수를 권했다.

희우는 마다하지 않고 그의 손을 꽉 잡았다.

이제 손잡게 된 두 사람.

지금껏 대화했지만 서로 중요한 이야기는 피했다.

천유성 대표는 처음 희우가 했던 '왜 제게 손잡자고 제의하셨는지 궁금합니다.'라는 질문에 대한 답을 하지 않았다.

그는 희우를 대항마로 사용해 천호령 회장과 천하민의 행동을 저지하고 견제할 목적을 가지고 있기 때문이다.

전쟁터에서 도착하는 목적지를 병사에게 알려 주지 말라는 것은 손자병법에도 있는 말이었다.

천유성 대표가 희우를 보며 말했다.

"그럼, 잘 부탁하겠네."

희우는 빙긋이 미소 지었다.

희우는 천유성 대표를 통해 제왕 그룹의 내부에 본격적으로 파고들 생각이었다.

제왕 그룹을 해체하고 쪼갤 생각을 하는 희우에게 수단과 방법을 가리지 않고 위로 올라가려는 천유성 대표가 옆에 있다는 것은 큰 무기를 손에 쥔 것과 같았다.

천유성 대표가 앞으로 행할 수단과 방법을 가리지 않는 위법 행동은 언젠가 제왕 그룹을 무너뜨릴 때 반드시 필요한 것이기 때문이다.

희우가 천유성 대표에게 답했다.

"저야말로 잘 부탁드립니다."

두 사람은 미소를 지었다.

서로 생각은 다르지만 두 사람의 목표는 같다.

바로 천호령 회장이었다.

희우가 떠나고 천유성 대표는 자리에 앉아 가만히 앉아 있었다.

그의 뱀눈은 그 어느 때보다 살기가 넘쳐 흘렀다.

그가 중얼거렸다.

"사람들은 나를 보고 뱀의 눈을 가졌다고 하지. 정확히는 살모사殺母蛇."

대표이사실에는 천유성 대표밖에 없었다.

그의 목소리가 공허하게 안을 채울 뿐이었다.

천유성 대표가 계속 말했다.

"살모사는 부모를 죽이는 뱀이라고 해."

그의 말이 잠시 멎었다.

살모사는 패륜적인 이름을 가진 유래와 달리 실제로 그런 행동을 하지는 않는다.

하지만 천유성 대표는 그렇게 생각하고 있는 것 같았다.

그가 낮은 목소리로 중얼거렸다.

"그게 뭐가 나빠?"

희우는 집으로 돌아왔다.

아이를 재우고 텔레비전을 보던 아내가 희우를 맞이했다.

그리고 희우가 소파에 앉았을 때, 그녀가 입을 열었다.

"아까, 둘째 오빠한테 전화가 왔어."

둘째 오빠란 김자혁 천하 자동차 대표를 말하는 것이다.

희우가 고개를 끄덕였다.

듣지 않아도 무슨 말을 했을지 알 것 같았다.

아내가 말했다.

"자기를 회장으로 밀어 달래. 지금까지 큰오빠가 한 게 없다면서."

희우의 입에서 무거운 한숨이 흘렀다.

아내가 계속 말했다.

"지금 이 사태가 벌어진 게 모두 큰오빠 탓이라고, 자기를 밀어주면 반드시 정상화시킬 거래."

희우가 시선을 들어 아내를 바라봤다.

"그저께였나? 며칠 전에 상만이하고 대통령의 독재에 대해 이야기했어. 상만이가 말하더라고. 대통령이 천하 그룹을 왜 공격하려 하냐고, 독재를 해도 경제는 살려야 하지 않냐고."

"……."

"그래서 난 대통령이 어떻게 하면 정권을 계속 잡고 있을 지, 나라야 어떻게 되든 정권만 잡으면 된다는 생각일 거라고 말해 줬어."

아내의 입에서 한숨이 흘렀다.

"똑같네, 그놈들이랑 이놈들이랑."

그놈들은 대통령과 천호령 회장을 말하는 것이고, 이놈들이란 자신의 두 오빠를 말하는 것이다.

밖에서 제왕 그룹과 정부에서 천하 그룹을 공격하고 있는데, 힘을 합쳐서 지켜 내야 할 두 사람이 서로 회장 자리에 앉겠다고 싸우고 있는 걸 보고 있노라면 답답할 뿐이었다.

희우가 소파에 등을 깊게 파묻으며 말했다.

"노블레스 오블리주는 없나 봐."

노블레스 오블리주. 높은 사회적 신분을 가진 사람들의 솔선수범과 희생을 따르는 말이었다.

하지만 역사를 보면 권력과 부가 개인에게 집중되었을 때, 사회적으로 신분 높은 양반들의 솔선수범과 희생은 쇠퇴하고 부패가 만연하게 일어났다.

소파에 등을 깊게 파묻은 희우는 조용한 한숨과 함께 눈을 감았다.

어쩐지 역사적으로 지금 시기는 노블레스 오블리주가 쇠퇴하는 시기처럼 느껴지고 있었다.

다음 날.

포털 사이트의 실검 순위에 희우의 이름이 올라갔다.

내용은 천하 그룹을 희우가 봐주고 있다는 것이었다.

상만이 문을 열고 들어와 희우에게 말했다.

"사장님, 기사 보셨어요?"

며칠 전 희우에게 천하 그룹을 공격하겠다는 말을 들은 상만으로선 어이없는 일이었다.

그가 말했다.

"이거 너무한 거 아니에요? 기사 읽어 보면 다 '카더라' 통신이에요. 제대로 된 말은 하나도 없어요."

상만의 목소리가 커졌다.

희우가 조용히 말하라는 표시로 손을 저었다.

"자리에나 앉아. 할 이야기 있으니까."

상만이 입을 닫자 희우가 시선을 돌려 문밖을 보며 말했다.

"도웅아, 너도 들어와."

서도웅이 희우의 방으로 들어올 때, 희우 역시 책상에서 일어나 소파로 걸어갔다.

멀뚱히 서 있던 상만은 희우의 표정을 살피며 조심스레 물었다.

"정말 괜찮으신 거예요?"

"안 괜찮을 일이 뭐가 있어? 앉기나 해."

상만이 한숨을 내쉬며 자리에 앉았고, 서도웅도 안으로 들어와 상만의 옆에 앉았다.

희우의 시선은 먼저 상만에게 향했다.

그리고 어제 천유성 대표에게 받아 온 분식 회계장부를 건네며 입을 열었다.

"오늘 밤에 천하민 대표랑 약속 잡아 뒀어. 그걸 협상 카드로 쓰도록 해."

"협상 카드요?"

상만이 서류를 꺼내며 물었다.

희우가 고개를 끄덕였다.

"읽어 봐."

심드렁하게 서류를 보던 상만의 눈이 점점 커지기 시작했다.

"장일현이 대표에 앉으면서부터 빵꾸가 엄청났는데요? 이익 뻥튀기가 너무 심해요? 안전자산도……."

"장일현이 만진 장부고, 천하민도 수락했나 봐."

"천하민도요? 이걸요? 이건 사기예요."

"후계 싸움이 벌어지고 있는데, 계열사 문제로 아버지 눈 밖에 나기 싫었던 모양이지."

상만이 고개를 저었다. 그리고 희우를 바라보며 말했다.

"제가 이 회사에 들어가야 하는 거죠? 이런 상태의 회사에 대표로 들어가는 건 독이 든 성배예요. 들어가는 순간 저도 한패로 엮여서 구속당할 것 같은데요. 어쩌죠?"

희우가 피식 웃었다.

조사를 받을 수는 있겠지만 절대 그럴 일은 없었다.

희우가 말했다.

"쓸데없는 말 하지 말고 내용이나 읽어 둬. 그리고 협상 잘해라."

"꼭 저 혼자 가는 것처럼 들리네요."

"응, 너 혼자 갈 거야. 내가 그 자리에 왜 가? 대표에 앉는 게 너지, 나야? 그리고 나는 밤에 약속이 있어서 갈 수가 없어."

상만이 머리를 긁적이며 말했다.

"그런데, 제가 왜 또 제왕 그룹에 들어가야 하는 건가요? 이미 주식 문제는 저번 일로 끝났잖아요."

지난번 검은 양복 사건 때, 상만이 가지고 있던 제왕 그룹 주식과 천호령 회장이 가지고 있던 천하 그룹 주식을 교환했었다.

그 일로 더는 제왕 그룹과 엮이지 않을 거라 생각했는데 다시 들어가라고 하니 이상한 모양이었다.

희우가 말했다.

"김석훈 의원과 내가 정보 공유를 하기로 손잡았던 것 기억하지? 하지만 제한적인 정보 공유야. 네가 내부로 들어가면 조금 더 확실히 알 수 있겠지. 호랑이를 잡으려면 호랑이 굴로 들어가라고 하잖아."

상만이 어색하게 웃었다.

"그런데 호랑이 굴에 사냥꾼이 아니라 왜 미끼가 들어가는 걸까요? 혼란스럽네요."

희우가 슬쩍 미소 지으며 말을 이었다.

"그게 첫 번째 이유고 두 번째는, 지난번에 말한 것처럼 난 제왕 그룹을 해체할 생각이야. 하지만 해체하면 국가 경제에 타격이 크겠지. 될 수 있으면 네가 흡수하는 쪽으로 만들었으면 좋겠어."

"그러니까, 제가 제왕 그룹의 회장이 되는 건가요?"

"최선의 결과가 나온다면 그렇게 되겠지."

하지만 희우는 상만이 제왕 그룹을 끌어안는 결과는 염두에 두지 않고 움직일 생각이었다.

지금까지 제왕 그룹이 무너진 이후의 일을 고민하느라 미온적으로 대처한 게 오히려 위기로 다가왔기 때문이다.

적과 싸울 때, 뒷일을 걱정하는 것은 칼을 휘두를 때 망설임을 만들어 낸다. 그리고 그건 패배라는 글자로 귀결된다.

희우의 시선이 이번엔 서도웅에게 향했다. 그리고 말을 이었다.

"도웅이는 기자회견을 준비해."

"기자회견요?"

"빠르면 빠를수록 좋아. 지금 당장도 좋고."

서도웅이 난처한 표정으로 희우에게 말했다.

"지금 천하 그룹과 연관된 일 때문에 하신다는 거죠?"

"응. 그것 말고 내가 기자회견 할 게 뭐가 있어?"

"아무 준비도 되어 있지 않은데, 바로 기자회견을 해도 될까요?"

기자회견을 준비하는 데에도 순서가 있었다.

기자들의 날카로운 질문에 답변하기 위해 각종 의혹과 그에 대한 반론을 준비하는 시간이 필요하기 때문이다.

하지만 희우는 그런 것은 상관없다는 태도로 빙긋이 미소만 그리고 있었다.

서도웅이 고개를 끄덕였다.

"알겠습니다. 지금 당장 천하 호텔에 전화해서 인터뷰실을 쓸 수 있는지 확인해 볼게요."

서도웅이 자리에서 일어났을 때, 상만이 희우를 보며 물었다.

"어? 지지율 신경 안 쓴다고 하셨잖아요."

"지지율 문제가 아니야. 천호령 회장에게 보여 주려고 하는 거지."

"천호령 회장에게요?"

희우는 빙긋이 미소 지을 뿐이었다.

그날 오후.

희우는 천하 호텔 기자회견장에 섰다.

지난번과 마찬가지로 모인 기자들의 숫자를 보면 거의 모든 언론사에서 모인 것 같았다.

카메라 플래시가 터져 올랐다.

셔터 소리가 잠잠해졌을 때, 희우가 입을 열었다.

"언론에서 저와 천하 그룹을 연관 지어서 소설을 쓰고 있는 걸 봤습니다. 제 아내가 천하 그룹 김용준 회장님의 여동생이기 때문에 이런 일이 일어나고 있는 것 같은데, 모두 의혹 제기일 뿐입니다. 의혹을 제기했으면 정확한 사실을 공개하여 이야기했으면 좋겠습니다. 기사를 읽어 보니 모두 '그런 예측이 되고 있다.', '관련된 자에게 이야기를 들었다.' 같은 식의 애매한 표현으로 끝내고 있습니다. 이건 명백히 정치적 공작일 뿐입니다."

한 기자가 손을 들었다.

"김희우 의원님과 최근 천하 그룹의 이권 다툼은 연관이 없다는 말씀이십니까?"

희우가 다시 마이크에 입을 가져다 댔다.

"그런 의혹이 있는데, 확인되지 않은 정보일 뿐입니다. 기사를 읽어 보면 전부 의혹 제기 및 음모론뿐이더군요. 실체는 없습니다. 주관적으로 모든 걸 판단하고 기사를 쓰신 모양입니다."

"관련 의혹을 덮을 증명을 하실 수 있습니까?"

희우가 피식 웃었다. 그의 미소는 이 자리에 모인 모든 기자를 철저히 무시하는 듯했다.

"제가 왜 증명해야 합니까? 증명이란 문제를 제기한 사람이 해야지요. 제가 어떤 말을 한다고 해도 언론사에서는 꼬투리를 잡을 게 분명합니다. 지금 전 아니라고 답변하고 있으니 지금부터 제 의혹을 제기한 언론사에서는 그에 걸맞은 사실을 제시하셔야 할 겁니다. 그게 아니라면 저를 음해하려는 정치 공작을 했거나 또는 천하 그룹이 마음에 들지 않는 다른 기업의 사주를 받고 움직였다는 생각밖에 들지 않습니다. 원한다면 저는 검찰의 조사를 받을 생각도 있습니다."

검찰 조사까지 들고나오자 기자회견장은 조용해졌다.

희우가 마이크에 대고 나직한 목소리로 말했다.

"의혹 제기를 한 언론사는 반드시 증명해 주시기 바랍니다. 그렇지 않으면 전 끝까지 가 보겠습니다."

기자들이 술렁거렸다.

한 기자가 손을 들었다.

"소송을 걸겠다는 말씀이십니까?"

희우는 빙긋이 미소 지을 뿐이었다.

기자회견을 보던 천호령 회장의 눈이 찌푸려졌다.

최근까지 천호령 회장이 움직이는 시위대가 언론의 주목을 받고 있었다.

그 덕에 시위에 참여하는 인원도 많아졌고 조금만 더 하면 원하는 인원을 채울 수 있을 것 같았다. 그게 천호령 회장이 목표한 계획의 시작이었다.

하지만 지금 희우의 기자회견으로 분위기가 바뀌었다.

언론은 시위대가 아닌 희우를 주목할 거다.

언론을 무시하는 희우의 태도에 모든 언론사가 들고일어날 것도 빤히 눈에 보이는 것 같았다.

한동안은 시위대가 무슨 일을 벌이더라도 희우와 언론사의 진실 공방으로 채워질 게 분명했다.

천호령 회장의 입에서 낮은 한숨이 흘렀다.

지금 희우가 한 기자회견은 지지율을 걱정하는 국회의원이라면 절대 할 수 없는 행동이었다.

천호령 회장이 손으로 이마를 짚으며 한숨을 내쉬었다.

"한 방 먹었어."

그때 서재의 문이 열리고 도시 상어 조진석이 안으로 들어왔다.

"부르셨습니까?"

천호령 회장의 날카로운 눈이 조진석을 바라봤다.

"진규학이에게 연락해서 시위대의 활동용으로 SNS나 인터넷을 활용하라고 해."

"알겠습니다."

"그리고 김희우를 우리 쪽으로 끌어올 방법이 없는지 생각해 봐. 협박도 좋고, 구슬리는 것도 좋아. 뭐든 좋으니 방법을 찾아."

"네?"

조진석은 순간 천호령 회장에게 반문했다.

하지만 금세 깊게 고개를 숙였다.

"알겠습니다."

숙인 고개 아래에 숨겨진 조진석의 표정은 일그러져 있었다.

불과 며칠 전에 희우의 살해 준비를 지시했던 천호령 회장이다.

그런데 손바닥 뒤집듯이 지시를 바꿔 버리니 아무리 충신이라 할지라도 미간이 일그러질 수밖에 없었다.

그날 밤.

상만이 천하민 그리고 장일현과 만나고 있을 때, 희우는 바의 룸에서 민수와 함께 앉아 있었다.

민수가 장난스러운 미소를 지으며 희우를 바라봤다.

"너 요즘 지지율 떨어지더라?"

"정확히 오늘부터 떨어지기 시작했죠."

"제왕 그룹의 수작인가?"

희우가 고개를 끄덕였다.

"그런 걸로 보여요."

"괜찮겠어?"

요즘 만나는 사람마다 희우의 지지율 걱정을 해 주고 있다.

희우가 피식 웃으며 어깨를 으쓱해 보였다.

잠시의 인사말이 끝나고 두 사람 사이에는 잠깐 적막이 일었다.

지금 민수는 천하 그룹을 조사해야 하나 마나를 고민하고 있었다.

그런데 앞에 희우가 앉아 있으니 조심스러웠다.

희우의 성격에 조사를 막아 달라는 청탁을 하지 않을 건 분명하지만 그래도 껄끄러운 건 어쩔 수 없었다.

희우 역시 자신의 앞에 놓인 잔을 만지작거리고 있었다.

민수의 시선이 잔을 만지작거리는 희우의 손을 바라봤다.

"할 말 있으면 해. 청탁 빼고. 흘흘흘."

희우가 슬쩍 웃었다.

"하나만 물어볼게요. 혹시 저를 잡을 생각인가요?"

"널 왜 잡아? 언론에서 말하는 것처럼 잘못한 거 있어? 그럼 잡아야지."

희우가 머리를 긁적였다. 그리고 가만히 민수를 바라봤다.

민수의 광기 어린 눈동자는 희우의 눈을 피하지 않았다.

희우가 작게 한숨을 내쉰 후 말했다.

"다시 말하죠. 아직도 저를 이기고 싶은가요, 법이라는 게임 안에서?"

민수가 어깨를 으쓱해 보였다.

"난 센 놈이 좋은데, 요즘 넌 약해."

지금은 이길 마음이 없다는 말이다.

희우가 슬쩍 웃었다.

"고마워해야 하는 건가요, 아니면 기분 나빠 해야 하는 건가요?"

"네가 제왕 그룹에 걸맞은 힘을 갖춘다면 그때는 다시 너와 겨뤄 볼 거야. 걱정하지 마. 흘흘흘."

희우가 입을 열었다.

"센 놈, 센 놈이라……. 저 말고 적당한 상대가 있는데요. 정말 센 놈요. 소개해 줄까요?"

"누군데?"

"대통령하고 천호령 회장요."

"흘흘흘흘흘흘흘."

민수의 입에서 어이없다는 웃음만 흘렀다. 그러더니 배를 잡고 웃기 시작했다.

한참을 웃던 민수가 웃음을 뚝 그쳤다.

"죄명은?"

"여러 가지가 있겠죠?"

희우는 민수에게 천호령 회장의 계획을 이야기했다.

한참을 듣던 민수가 고개를 끄덕였다.

그리고 평소와 달리 진지한 표정으로 희우에게 시선을 옮겼다.

"며칠 전에 총장님으로부터 들은 이야기가 있어. 청와대의 지시로 천하 그룹을 조사하라는 거야. 전석규 총장님 체제에서 처음 맡을 큰일이 위에서 내려온 지시라 껄끄러워서 고민하는 중이었거든."

전석규 총장은 정치와 검찰을 분리하고 싶어 했다.

그런데 내려온 지시가 정치와 연관된 것 같으니 고민하고 있었다.

희우가 슬쩍 미소 지었다.

"청탁 하나 해도 됩니까?"

"말해 봐."

희우가 입을 열었다.

Chapter 2

민수의 진지한 눈빛을 보며 희우가 천천히 입을 열었다.

"제왕 그룹을 조사해 주십시오."

민수의 미간이 찌푸려졌다.

그가 고개를 저으며 조심스레 답했다.

"네가 할 이야기는 아닌 것 같은데……."

희우는 작게 한숨을 내쉬었다. 그가 천하 그룹의 사람이었
으니 민수의 반응은 당연하다.

희우가 입을 열었다.

"이유를 먼저 들어 보시겠습니까?"

희우는 민수에게 천호령 회장과 대통령에 관한 이야기를
간단히 전했다.

민수의 이맛살은 점점 더 심하게 일그러져 있었다.

희우가 마지막 말을 입에 담았다.

"천호령 회장의 둘째 아들 천유성 대표에게 들은 말입니다."

"정말이야?"

"거의 확실하다고 봅니다. 센 놈이죠?"

민수는 의자에 등을 붙이고 잠시 멍하니 희우를 바라봤다.

지금 들은 말 전부가 현실성이 떨어졌으니 머릿속에서 생각을 정리하는 중이었다.

그리고 묘하게 웃으며 말했다.

"세네. 흘흘흘."

희우가 고개를 끄덕였다.

"윤수련 검사로서는 한계가 있을 겁니다. 지금 다른 일을 조사하기도 바쁘니까요. 그리고 제가 조사하기도 어렵습니다. 제왕 그룹 천호령 회장은 저를 적으로 대하고 있잖아요."

민수가 부스스한 머리를 긁적였다. 그리고 말했다.

"내가 조사한다고 해도 시간이 걸릴 거야. 천하 그룹이고 제왕 그룹이고 쉽게 조사를 결정할 사안이 아닌 건 알잖아?"

검찰이 칼을 빼 들면 뭐라도 썰어야 한다.

문제는 정치와 연관되어 있다는 거다.

정치가 가진 힘은 생각 이상으로 무서웠기에 자칫 어떤 변수를 만날지 예측할 수 없었다. 그래서 조사 전에 완벽한 준비를 해야 했다.

희우가 고개를 끄덕였다.

"시간이 걸린다는 건 저도 알고 있습니다."

민수가 잔을 쥐며 물었다.

"그런데, 시간을 끌 수는 있겠어? 지금 네 말대로라면 시위대가 언론에 노출되는 걸 막아야 할 텐데."

"어떤 짓이라도 해 봐야죠."

시위대가 언론에 노출되면 거기에 동조하는 시민들이 밖으로 나온다.

그 숫자가 많아지면 시위대는 본격적으로 자신들의 검은 속내를 드러낼 거다.

그걸 막아야 했다.

민수가 피식 웃었다.

"좋아, 그럼 최대한 시간을 끌어 봐. 나도 조사를 시작해 볼게. 그리고 준비가 되면 그때 총장님께 말씀드리지."

"감사합니다."

"너도 꽤 힘들게 산다. 흐흐흐."

그 시각, 상만은 제왕 호텔 대표이사실에 앉아 천하민 대표와 만나고 있었다. 그 자리에 장일현은 없었다.

상만이 능글맞게 웃으며 천하민 대표를 바라보자 천하민

대표는 미간을 찌푸렸다.

천하민 대표가 말했다.

"검찰의 제왕 화학 조사가 임박해 오고 있으니 계속 장일현 대표에게 맡길 수는 없어요."

천하민 대표의 말에 상만은 자신에게 맡기라는 눈빛을 보냈다.

하지만 천하민 대표의 찌푸려진 미간은 펴질 줄을 몰랐다.

그가 계속 말을 이었다.

"장일현 대표가 계속 박상만 사장을 만나 보라 해서 만나기는 했는데……."

마음에 들지 않는다는 표현이다.

상만이 고개를 끄덕였다.

"마음에 들 수는 없죠. 그런데 세상 누가 온다고 해서 100퍼센트 만족할 수 있겠습니까?"

천하민 대표가 고개를 저었다.

"그래도 그쪽은 아닌 것 같습니다."

상만은 희우의 사람이다.

그리고 희우는 제왕 그룹을 적으로 삼았으며 아이러니하게도 천하민 대표의 형인 천유성 대표와 손잡고 있다.

천하민 대표로서는 그런 상만을 곁에 두고 있을 수 없었다.

상만은 물끄러미 천하민 대표의 표정을 살폈다.

능글맞은 웃음을 짓고 있지만 상만은 부동산 업계에서 숱

하게 많은 사람을 만나 왔고 거래해 왔다.

상대는 다르지만 거래의 기본은 같다.

상대가 거래하지 않으려 한다면 억지로 끌어다가 테이블에 앉혀야 한다.

상만이 머리를 긁적이며 말했다.

"이거 한번 보시겠어요?"

상만은 가져온 서류 봉투를 테이블에 내려 뒀다.

천하민 대표의 시선이 서류 봉투로 향했다.

"뭐죠?"

"보시면 압니다."

천하민 대표는 손을 뻗어 서류 봉투를 들어 올렸다. 그리고 내용물을 확인한 후 미간을 일그러뜨렸다.

제왕 화학의 분식 회계였다.

천하민 대표가 시선을 올려 상만을 바라봤다.

분노한 그의 눈빛을 보며 상만이 고개를 저었다.

"어떻게 구했냐는 질문을 하셔 봤자 대답해 드릴 수는 없습니다."

천하민 대표는 화를 꾹 눌러 참으며 상만에게 물었다.

"지금 이걸 내게 보여 주는 이유가 뭡니까?"

"거래입니다."

상만은 능글맞게 미소 지으며 말을 이었다.

"저를 받아들여서 장일현이 저질렀던 비리의 꼬리를 자르

시겠습니까? 아니면 이걸 터뜨릴까요?"

천하민 대표의 입가에 비릿한 미소가 걸렸다. 그가 말했다.

"정말 재밌네. 내가 이런 협박에 넘어갈 정도로 우스워 보였나?"

"아뇨, 협박이 아니라 거래입니다. 제가 제왕 화학에 들어가면 연봉이나 많이 챙겨 주십시오. 손에 쥐고 있던 자료는 싹 숨겨 둘 테니까요. 숨기지 못하더라도 대표님이 난처할 일은 없도록 장일현에게 옴팡지게 뒤집어씌우겠습니다. 제가 겉보기에는 어떨지 몰라도 그 정도 능력은 있습니다."

천하민 대표는 한숨을 내쉬며 물끄러미 상만을 바라봤다. 그러더니 입을 열었다.

"기분 나쁘게 듣지 마요. 난 박상만 사장에 대해 조금 조사를 했어요. 아버지가 일찍 돌아가시고 집이 경매로 넘어가는 과정에서 김희우와 만났다죠?"

"네, 그렇죠."

"그리고 10년이 넘는 세월을 김희우 옆에서 함께해 왔고요."

"맞습니다."

"배신할 생각은?"

상만이 어깨를 으쓱해 보였다.

천하민 대표가 피식 웃으며 말했다.

"난 요즘 아버지가 하는 일을 보고 있으면서 조금 궁금한 게 생겼어요. 나도 이번 기회에 아버지처럼 할 수 있을지, 박상만 사장과 함께 도전해 봐야겠네요."

"도전이라뇨?"

천하민 대표는 상만의 질문에 답하지 않았다. 그저 고개를 끄덕이며 자신이 하고 싶은 말을 이어 갈 뿐이었다.

"좋습니다. 박상만 사장을 제왕 화학 대표 자리에 올리도록 주총에서 건의하겠습니다."

주총은 주식 총회의 줄임말이었다.

그 자리에선 지분을 가진 사람들이 모여 상만이 대표이사에 앉아도 될지 결정할 수 있었다.

물론 건의라고 말했지만 가장 많은 지분을 가진 천하민 대표의 의중이 들어가면 확정이나 다름없었다.

상만이 천하민 대표에게 고개를 숙였다.

"감사합니다. 그럼, 앞으로 열심히 하겠습니다."

"당연히 열심히 해야죠. 그런데, 이건 알아 두세요. 제왕 화학의 분식 회계로는 나를 흔들 수 없어요. 이번에는 그냥 넘어가지만 나중에 이런 얕은 협박을 하면 가만히 있지 않겠습니다."

"죄송합니다. 앞으로 이런 일이 없도록 노력해 보겠습니다."

상만은 입가에 능글맞은 미소를 지우지 않고 다시 한 번 고개를 숙였다.

잠시 후, 상만이 떠났다.

대표이사실에는 천하민 대표 홀로 앉아 있었다.

상만이 앉았던 빈 의자를 바라보던 그가 피식 웃었다.

천하민 대표는 자신의 아버지 천호령 회장과 대통령을 떠올리고 있었다.

그는 천호령 회장이 대통령을 돈으로 구워삶았다고 생각했다.

그 생각을 이어 가던 천하민 대표가 중얼거렸다.

"돈은 귀신도 부린다고 했어. 박상만이가 김희우에게 가지고 있는 의리가 얼마나 대단한지는 몰라도 돈을 이길 수 있을까? 그럼, 나도 아버지에게 인정받을 수 있을까?"

다음 날.

상만은 희우의 사무실로 들어와 소파에 앉았다.

희우가 서류를 덮으며 책상에서 일어나 소파로 걸어왔다.

"천하민이가 뭐래?"

"주총 하겠대요."

"앞으로 바빠지겠네."

상만이 고개를 끄덕이며 말했다.

"그런데, 천하민이 이런 말을 했어요. 요즘 천호령 회장이 하는 일을 보면서 조금 궁금한 게 생겼다고, 자기도 천호령 회장처럼 할 수 있을까 하더니 갑자기 저와 함께 도전해 보겠다고 했거든요? 무슨 뜻일까요?"

희우가 어깨를 으쓱해 보였다.

"천하민도 천호령 회장의 계획을 알고 있나 보네."

"네. 그런데 도전해 본다니, 그 사람도 이상한 망상을 하고 있을까요?"

희우가 고개를 저었다.

"천하민이나 천유성이나 지금은 그런 것에 관심 없어. 그저 제왕 그룹 회장 자리에 앉고 싶을 뿐이야."

그리고 소파에 앉으며 상만에게 서류 봉투 하나를 건넸다.

상만이 눈을 깜빡이며 서류 봉투를 건네받았다.

"뭔가요?"

"청안 제약 김성민 대표. 천호령 회장의 딸 천시현의 남편이기도 하지. 살해되었는지 아니면 다른 이유인지 뭔지는 몰라도 모습을 드러내지 않는 건 알고 있지?"

상만이 고개를 끄덕이며 봉투에서 자료를 꺼내 펼쳐 보자 김성민 대표가 언급된 토막 기사까지 빼곡히 정리되어 있었다.

희우가 말했다.

"지금부터 흥신소 돌려서 찾아봐. 겉핥기도 좋고 증명되지 않은 카더라 통신도 좋으니까 관련 내용이 나오면 이야기해 주고."

상만이 서류를 읽고 있을 때, 희우는 책상으로 걸어가 앉았다.

인터넷에 들어가 클릭하니 온통 희우에 관한 기사로 가득했다.

어제 언론을 상대로 싸움을 걸며 시위대에 집중되었던 언론의 눈을 일단 자신에게로 옮겨 놨다. 하지만 상대의 계획을 길어야 1~2주 늦춘 것뿐이다.

시위대의 활동이 뉴스나 언론에서는 찾기 어려웠지만 여전히 인터넷을 통해 중계되고 있었다.

희우에 관한 관심이 시들해지기 전에 하루라도 빨리 천시현의 남편을 찾아 새로운 관심을 만들어야 한다.

그때 희우의 전화가 울렸다.

모르는 번호였다.

"네, 김희우입니다."

─조진석이라고 합니다.

"……!"

─저를 알고 있다고 들었습니다. 한번 만나고 싶은데, 언제쯤이 좋겠습니까?

희우의 입꼬리가 말려 올라갔다.

그 시각, 천호령 회장은 정원을 거닐고 있었다.

그의 옆으로 조진석이 따라붙었다.

"김희우와 만나기로 했습니다."

천호령 회장이 힐끗 조진석을 바라봤다.

"직접 만나려고?"

조진석이 고개를 끄덕였다.

"상대는 저를 알고 있으니, 포섭하기 위해서는 아무래도 제가 직접 나서는 게 더 좋을 거라는 생각이 들었습니다."

천호령 회장이 고개를 끄덕였다.

"그렇게 해. 언제 만나기로 했나?"

"이번 주 금요일입니다."

천호령 회장이 걸음을 멈춘 곳은 연못 앞이었다. 양동이에 든 잉어 먹이를 들어 연못에 뿌리며 말했다.

"김희우가 원하는 건 웬만하면 들어주도록 해. 그게 돈이든 권력이든 도와주겠다고 해."

조진석은 물끄러미 천호령 회장을 바라봤다.

"회장님, 외람된 말씀이지만……."

"외람된 거 알면 하지 마."

"알겠습니다."

조진석은 한 발짝 물러서 천호령 회장에게 고개를 숙였다.

그는 천호령 회장에게 처음 계획대로 위험성이 있어도 김희우를 제거하는 쪽으로 이야기하려 했었다.

하지만 천호령 회장의 고집 센 입을 보고 말을 꺼내지 않았다.

며칠 후, 서울 외곽의 조용한 한식집.

희우와 만난 조진석의 미간은 일그러져 있었다.

조진석은 분명 희우와 단둘이 만날 줄 알았다.

하지만 희우는 천유성 대표와 함께 나와 앉아 있었다.

조진석이 천유성 대표를 보며 무겁게 입을 열었다.

"제가 회장님께 천유성 대표님이 김희우와 만나고 있다는 걸 말해도 괜찮겠습니까?"

조진석의 말에 천유성 대표가 슬쩍 미소 지었다.

"보고하려고요?"

조진석이 고개를 끄덕였다.

"제가 회장님의 사람인 걸 알지 않습니까? 보고할 수밖에 없지요."

천유성이 술잔을 들어 술을 마신 후 싸늘한 뱀눈으로 조진석을 노려보며 말했다.

"글쎄요. 뭐라고 불러야 하나. 조진석 실장, 조진석 비서. 조진석 씨. 얼굴은 본 적이 있어도 이렇게 마주 앉은 건 처음이니 뭐라고 불러야 할지 모르겠네."

"조진석 실장으로 불러 주세요."

천유성 대표가 들고 있던 잔이 '탁' 하고 테이블에 내려졌다.

그리고 천유성 대표가 싸늘한 눈으로 조진석을 보며 말했다.

"당신, 정체가 뭐야?"

그 대답은 옆에 앉은 희우의 입에서 나왔다.

"조진석 실장의 정체는 매춘, 사채, 불법 도박. 조직원은 많아야 열 명을 넘기지 않는 점조직의 대부입니다. 물론, 그 뒤에는 천호령 회장님이 계시겠죠."

조진석의 미간이 찌푸려졌다.

"무슨 증거로 그런 말을 하죠?"

희우가 어깨를 으쓱했다.

"증거는 곧 만들 테니까, 기다리세요."

조진석의 눈이 천유성 대표에게 향했다. 그는 깊은 한숨을 내쉬었다.

천호령 회장의 지시로 희우를 만났다.

목적은 희우의 포섭.

하지만 그 자리에 천유성 대표가 함께 나올 거라는 생각은 전혀 못 했다.

희우가 입을 열었다.

"나를 포섭하러 나오셨나요?"

"……!"

조진석의 눈에 느낌표가 떠올랐다.

어떻게 알았냐는 눈빛이다.

희우가 말했다.

"천호령 회장님의 입장에선 당연한 거죠. 조금이라도 빨리

일을 진행해야 하는데 제가 앞에서 태클을 걸고 있으니 가장 쉬운 두 가지를 생각하셨을 겁니다. 포섭이냐, 제거냐."

조진석이 한숨을 내쉬었다.

희우가 말을 이었다.

"그럼, 다음으로 넘어가죠. 제가 왜 천유성 대표님과 함께 나왔는지 궁금하죠?"

천유성 대표가 이어 말했다.

"조진석 실장, 난 그쪽하고 손잡고 싶어요."

"……!"

조진석의 눈에 다시 한 번 느낌표가 새겨졌다.

천유성 대표가 말을 이었다.

"조진석 실장도 잘 알겠지만, 아버지는 나와 정보 공유를 하지 않아요. 어디까지나 지시하고 지시받는 처지지. 얼마 전에 경영권에 관한 말씀을 하셨지만 믿을 수 없어. 아버지는 경영권을 놓을 생각이 전혀 없으시거든."

조진석이 한숨을 내쉬며 말했다.

"제가 김희우 의원님을 너무 쉽게 생각했나 봅니다. 이야기는 없던 것으로 하겠습니다. 그리고 이 일은 회장님께 보고하겠으니 알고 계십시오."

조진석이 자리에서 일어나려 할 때, 천유성 대표가 고개를 끄덕이며 말했다.

"아버지에게 보고를 하든 말든 그건 알아서 해도 되는데."

천유성 대표는 품에서 종이 한 장을 꺼내 조진석의 앞으로 밀어 넣었다. 그리고 말했다.

"읽어 봐요."

조진석은 앞에 놓인 종이를 물끄러미 바라봤다.

아직 확인하지는 않았지만 안의 내용이 위험하다는 것은 온몸의 신경이 알리고 있었다.

하지만 인간은 그 호기심 때문에 판도라의 상자를 열고 만다.

결국 조진석도 종이를 펼쳤다. 그리고 그의 눈이 동그랗게 커졌다.

종이는 병원에서 나온 진단서였다.

천유성 대표가 말했다.

"아버지를 존경하는 이유 중 하나죠. 바로 옆에서 그림자처럼 보좌하던 조진석 실장도 아버지의 병환을 몰랐죠?"

"······!"

"그래, 놀랄 만해요. 하지만 지금은 놀라고 앉아 있을 때가 아니야. 배에 구멍이 나면 재빨리 막을 생각을 해야 하거든."

조진석의 시선이 천유성 대표에게 향했다.

"무, 무슨 이야기를 하고 싶으십니까?"

천유성 대표의 뱀눈이 웃기 시작했다. 그리고 그가 즐거운 듯 말했다.

"아버지가 얼마나 살아 있을 것 같아요? 세월은 아버지라 해도 피해 갈 수 없는 거지. 노인이 달고 있을 모든 병은 다

쥐고 계시더라고."

"……."

"아버지의 사후에 누가 제왕 그룹을 손에 넣을 수 있을까요? 감옥에 있는 천지용? 천지용이 장남이라는 타이틀은 가지고 있지만 그럴 깜냥이 안 된다는 건 조진석 실장도 잘 알고 있잖아요?"

"……."

"아니면 이리저리 눈치만 보며 아버지에게 잘 보이려고 갖은 아양을 떨고 있는 천하민? 그런 놈이 제왕 그룹에 올라가면 그 즉시 내 옆에 앉아 있는 김희우 의원에게 틈을 보여 갈기갈기 찢어지겠지."

천유성 대표는 말하며 자신의 빈 술잔에 술을 채운 후, 술잔을 들어 술을 마셨다.

그 행동을 조진석은 물끄러미 보고 있었다.

천유성 대표는 테이블에 내려 둔 빈 잔에 다시 술을 채웠다. 그리고 그 잔을 조진석의 앞으로 밀며 말을 이었다.

"점조직을 운영한다고 하는데, 그뿐입니까? 난 잘 모르겠지만 그게 전부는 아니라는 생각이 드네요. 중요한 건 조직을 운영하고 쓰려면 많은 돈이 필요하다는 거죠? 아버지 옆에 있으면서 그동안은 그 돈을 잘 받아 드셨겠지만, 앞으로는 어떻게 할 겁니까?"

"……."

"세상은 빛과 그림자가 존재해요. 나라는 사람이 빛이 되려면 필연적으로 그림자가 있어야 한다는 거지. 아버지가 조진석 실장을 그림자로 뒀듯, 나도 조진석 실장을 내 그림자로 두고 싶어요. 앞으로도 계속해서 제왕 그룹의 일을 돕는 것에 대해 어떻게 생각합니까?"

조진석의 눈이 힐끗 희우를 바라봤다.

지금 이런 이야기를 희우 앞에서 해도 되냐는 눈빛이다.

천유성 대표가 고개를 끄덕였다.

"어차피 내가 회장이 되면 김희우 의원과는 남은 싸움을 해야 합니다. 그때까지는 정보를 공유하기로 했으니 이 정도의 일은 이야기해도 좋다고 생각합니다."

조진석이 한숨을 내쉬었다. 그리고 자신의 앞에 놓인 잔을 물끄러미 바라봤다.

잔을 마시면 천유성 대표의 제안을 받아들이는 거다.

마시지 않으면 거절이다.

조진석의 눈에 망설임이 끼었다.

잠시 후, 그는 결심했는지 잔을 들었다.

그리고 딱 반을 마시고 테이블에 내려 뒀다.

잔에는 술이 반만 차 있었다.

술을 물끄러미 바라보던 조진석이 천천히 입을 열었다.

"조금 생각해 봐도 괜찮겠습니까? 쉽게 결정할 수 있는 일은 아닌 것 같습니다."

천유성 대표가 고개를 끄덕였다.

"그러세요."

조진석의 눈이 희우에게 향했다.

"천호령 회장님께는 김희우 의원이 거절했다고 전하겠습니다."

희우는 어깨를 으쓱해 보였다.

"마음대로 전하세요. 그런데 그건 그렇고, 천시현의 남편 김성민 대표는 그쪽이 죽였습니까?"

"……!"

뜬금없이 던진 질문.

희우는 조진석의 표정 전체를 눈동자에 담고 있었다.

하지만 조진석의 표정엔 변화가 없었다.

닳고 닳은 사람이니 표정 관리를 잘하는 것이거나 아니면 김성민 대표의 실종에 관여하지 않았다는 뜻이다.

희우가 말했다.

"제가 지금 천시현 씨에게 의뢰를 받아서 조사하고 있는데요. 혹시 그쪽이면 조심하라고요."

일부러 말한 거다.

천시현 남편 김성민이 사망했다고 가정했을 때, 그 정확한 시기를 가늠할 수 없었다.

몇 년이 흘렀다는 건 유추가 가능했다.

만약 조진석이 천시현의 남편을 죽였다면 몇 년이 지난 지금은 관심을 끊고 있었을 가능성이 크다.

하지만 희우가 말을 꺼냄으로써 그는 사건이 잘 덮여 있는지 다시 확인하기 위해 들춰낼 게 분명했다.

희우는 그 틈을 노리고 있었다.

다음 날, 밤.

주말이었다.

희우는 천하 그룹 대표이사실에서 창문을 통해 아래를 내려다보고 있었다.

김용준 회장이 희우를 보며 미간을 찌푸렸다.

"오늘은 무슨 일이야?"

"제일 잘 보이는 곳에 오고 싶었거든요."

"시위하는 거?"

"네."

"불난 집에 부채질하는 거야?"

김용준 회장은 그사이에 또 천하민과 만났는지 희우를 향해 노골적으로 적대하고 있었다.

하지만 희우는 신경 쓰지 않은 채 물끄러미 창문 아래만 바라봤다.

천하 그룹 사옥의 바로 앞에서는 시위대가 모여 시위를 하고 있었다.

희우가 말했다.

"1천 명은 넘네요."

그나마 희우가 언론의 도마 위에 올라 있기에 언론은 시위대를 노출하지 않고 있었다. 다행이었다.

희우가 말했다.

"형님은 시위대 대표와 만나 볼 생각 하셨나요?"

"내가 그런 짓을 왜 해, 언제까지 회장일 줄 알고? 앞으로 떨어져 나갈 수도 있는데 저놈들을 만나서 험한 꼴 볼 필요는 없지 않나?"

역시나 적대적인 대답만 흘러나왔다.

희우가 시선을 돌려 김용준 회장을 바라봤다.

그는 소파에 팔을 걸치고 앉아 희우는 쳐다보지도 않은 채 정면만 응시하고 있었다.

희우가 물었다.

"계열 분리하기로 결심한 겁니까?"

김용준 회장이 눈동자만 움직여 힐끗 희우를 바라봤다.

"말했잖아, 나를 회장으로 밀어준다는 약속을 하면 그런 일은 벌어지지 않을 거라고."

"그건 약속드릴 수 없겠습니다. 형님을 밀어주면 둘째 형님이 들고 일어날 게 분명하니까요. 다 같이 모여서 합의점을 찾았으면 좋겠는데요."

김용준 회장이 고개를 돌려 희우를 노려봤다.

이곳에 온 후 처음으로 마주치는 눈이었다. 그리고 김용준 회장이 말했다.

"김자혁 그놈을 감옥에 보내면 되지 않을까? 그럼 그놈이 들고 일어날 일도 없잖아? 지금 앞에서 시위하는 걸 봐도 그래. 천하 자동차의 문제가 제일 커. 천하 자동차에서 내수를 차별했다는 말을 하고 있잖아? 그걸 문제 삼아서 보내면 어때?"

이젠 형제를 감옥에 보내자는 말을 서슴없이 하고 있었다.

희우의 눈살이 절로 찌푸려졌다.

"도대체 회장 자리가 뭡니까?"

김용준 회장은 다시 시선을 돌려 버렸다. 그리고 낮은 목소리로 입을 열었다.

"자네는 출신이 다르니 영원히 알 수 없는 일이야."

이제는 적대적인 것을 지나 희우의 출신을 걸고넘어졌다.

사실 대한민국에 출신이 어디 있을까?

하지만 김용준 회장은 자신의 가문과 희우의 집안에 대해 명백히 선을 긋고 있었다.

희우 역시 한숨을 내쉬며 창밖을 바라봤다.

"영원히 몰랐으면 좋겠네요. 그런데, 제 생각에는 그저 욕심으로밖에 보이지 않습니다."

"자네가 고등학교 때까지 지하 방에서 살았다지?"

"대학 다닐 때, 그리고 결혼 전까지는 지하 방에서 살았습니다.”

“그러니까 자네는 절대 알 수 없어.”

“욕심일 뿐입니다.”

두 사람의 사이에 대화가 단절되었다.

싸늘한 분위기만 흐르고 있었다.

희우는 창 너머로 보이는 시위대를 찬찬히 확인하다가 입을 열었다.

“시위대의 대표를 만나 보고 싶습니다. 그건 좀 도와주시죠.”

“내가 왜?”

“그럼, 계속 앞에서 시위하는 걸 보고 계실 생각입니까?”

김용준 회장의 입에서 ‘끄음.’ 하고 불편한 소리가 흘렀다.

그가 핸드폰을 들었다.

“문 앞에서 시위하는 놈들 중에 제일 높은 놈 하나 만나자고 해 봐.”

잠시 후, 대표이사실 옆에 있는 회의실.

서른 명이 앉아도 남을 긴 테이블의 한가운데에 희우와 시위대 대표가 마주 앉았다.

시위대 대표는 김용준 회장을 만날 줄 알았는데 난데없이 희우가 있어서인지 조금 깜짝 놀란 모양이었다.

희우가 말했다.

"그쪽 핸드폰을 테이블 위에 올려 주겠어요?"

"그럽시다."

시위대 대표는 핸드폰을 꺼내 테이블에 놓았다.

희우 역시 핸드폰을 들어 놓았다.

희우가 말했다.

"몸을 확인해 봐도 되겠습니까?"

"그러세요."

희우는 자리에서 일어나 혹시 모를 도청 장치나 녹음 장치가 있는지 시위대 대표의 몸을 확인했다.

요즘은 인터넷만 뒤져도 그런 장치를 쉽게 구할 수 있으니 가벼운 말도 조심해야 하는 시기였다.

상대의 몸수색을 끝낸 후 자리에 앉은 희우가 물끄러미 시위대 대표를 바라봤다.

깡마른 몸, 짧은 머리, 검은 뿔테 안경이 눈에 들어왔다.

희우가 물었다.

"천하 그룹이 어떻게 하기를 바라는 겁니까? 아뇨, 대답하지 마세요. 달리 여쭤 보겠습니다. 얼마를 받았습니까?"

"뭐요?"

"다 듣고 여쭤 보는 겁니다."

"하! 김희우 의원님, 세상 사람들이 좋은 사람이라고 하던데, 영 틀려먹었네. 내가 우습게 보입니까?"

희우는 고개를 저었다.

"전 좋은 사람이 아닙니다. 다만 그쪽의 죄를 알고 있을 뿐이죠."

그리고 빙긋이 미소 지었다.

시위대 대표가 미간을 찌푸리고 있자 희우가 천천히 말했다.

"사람이 몰리기를 바라는데 언론이 자꾸 저만 잡고 있어서 초조해지지 않나요?"

"……."

"하나 더. 시위가 계속되면 어떻게 될지 그 뒷일은 알고 있습니까?"

상대가 가만히 있자 희우가 피식 웃었다.

"모르나 보네요? 지금은 경찰이 빙 둘러서 대기만 하고 있지만, 곧 강경 진압을 시작할 겁니다."

"무, 무슨 말을 하는 건지 모르겠군요."

"강경 진압이 시작되면 누구 하나가 크게 다치거나 죽을 겁니다. 그런데 그 다치는 사람이 어느 쪽일까요?"

"……."

"경찰이에요. 아무 죄 없는 경찰이 시위대에 의해 다칩니다. 그리고 언론은 시위대를 욕하기 시작할 거고요. 당신들 숫자는 가늠하기로 1천 명에서 2천 명 사이. 하지만 언론은 당신들의 숫자를 크게 부풀릴 겁니다. 폭도로 만들기 위해서요."

"폭도라고요?"

시위대 대표가 눈을 깜빡였다.

희우가 고개를 끄덕거리며 말을 이었다.

"네, 폭도요. 폭도가 된 당신들을 제압하기 위해 어디가 나서겠어요?"

"구, 군?"

"과한 상상일지 모르겠지만, 아마 그렇지 않을까요?"

희우가 자리에서 일어섰다. 그리고 시위대 대표를 향해 말했다.

"얼마를 받았는진 모르겠습니다. 하지만 그게 당신들의 목숨값이라고 하기엔 너무 적지 않습니까?"

"……."

"잘 생각해 보세요. 목숨값이 아니라면 그 정도의 돈을 왜 건네줬겠습니까? 보통 가진 자들이 시위대를 이용할 때 그만큼의 돈을 주진 않잖아요?"

사실 희우는 그들이 얼마를 받았는지 모른다.

하지만 시위대 대표는 희우가 모든 걸 다 안다고 생각하며 고개를 끄덕이고 있을 뿐이었다.

희우는 뚜벅뚜벅 걸어가 그의 앞에 섰다.

그리고 몸을 숙여 그의 귀에 대고 작게 말했다.

"그쪽이 지금 나와 만나고 있다는 건 이 시위를 계획한 윗분의 귀에 들어갔을 겁니다. 그쪽이 지금 상태로 밖에 나가면 당할 꼴은 뻔해요. 제가 시키는 대로 하십시오. 그럼 살

수 있습니다."

시위대 대표가 황당한 눈으로 희우를 바라봤다.

희우는 빙긋이 미소를 그릴 뿐이었다.

희우가 시위대 대표와 만나고 있을 무렵, 천호령 회장은 서재에 있었다.

서재의 문이 열리고 조진석이 안으로 들어왔다.

그가 천호령 회장에게 고개를 숙인 후 가까이 다가와 말했다.

"몇 가지 말씀드릴 게 있습니다. 우선, 지금 시위대 대표가 천하 그룹 안으로 들어갔다고 합니다."

천호령 회장의 눈이 반짝였다.

"김용준이가 시위대 대표를 만났다고? 거참, 절대 그렇게 안 할 놈이라고 생각했는데?"

"아마 김희우가 안에 있는 것 같습니다. 확실하지는 않지만 희우가 탄 차량이 그룹으로 들어가는 걸 본 사람이 있다고 합니다."

천호령 회장이 고개를 끄덕였다.

"아, 김희우가 맞을 거야. 김용준은 절대 그럴 인물이 안 돼."

"어떻게 할까요?"

"뭘 어떻게 해? 시위대 대표가 들어간 놈 하나만 있는 게 아니잖아? 진규학이에게 연락해서 돈을 더 뿌리라고 말해.”

“알겠습니다.”

천호령 회장이 자리에서 일어서며 말을 이었다.

“그리고 김희우와 만난 놈은 확인 후 처분하도록 해. 김희우는 독사 같은 놈이야. 뱀의 혓바닥으로 어떤 농간을 저질렀을지 몰라. 미꾸라지 한 마리가 흙탕물을 만들기 전에 치워 버려야지, 잘 알아볼 수 있도록.”

“알겠습니다. 그리고 김희우 포섭은 실패했습니다.”

천호령 회장이 고개를 끄덕였다.

실패할 가능성이 크다고 생각했지만 조금의 기대는 하고 있었다.

조진석이 우물쭈물하며 입을 열었다.

“문제가 하나 있습니다.”

“뭐지?”

“김희우가 천시현 아가씨의 남편에 대해 조사하겠다고 선언했습니다.”

천호령 회장의 미간이 찌푸려졌다.

조진석이 말을 이었다.

“그걸, 천시현 아가씨가 의뢰했다고 합니다.”

천호령 회장의 입에서 무거운 한숨이 흘렀다.

“알았어. 나가 봐.”

조진석은 고개를 숙이고 밖으로 나갔다.

천호령 회장은 자리에 앉아 다시 책상을 톡톡 두들기기 시작했다.

희우가 그의 계획을 막기 위해 본격적으로 움직였다.

그래서 사전에 포섭하려 했지만 실패했다.

포섭이 실패했다면 제거해야 한다.

하지만 아직 김희우라는 존재는 천호령 회장에게 필요한 인물이었다.

그가 낮은 목소리로 중얼거렸다.

"일을 조금 더 빨리 추진해야겠어."

천호령 회장의 입에서 한숨이 흘렀다.

희우가 천시현의 일로 들고일어나면 문제가 복잡해질 수도 있다.

자칫 일을 처리했다가는 오명성 대통령만 좋은 꼴을 보고 제왕 그룹은 닭 쫓던 개처럼 쳐다보고만 있게 될지도 모른다는 불안감이 불현듯 스쳐 지나갔다.

그때 서재 밖으로 나간 조진석은 한숨을 내쉬었다.

천유성 대표에 관한 일이 목구멍까지 올라왔지만 그는 참아 냈다.

그의 시선이 닫힌 서재의 문으로 향했다. 그리고 다시 한숨이 내쉬어졌다.

그는 뚜벅뚜벅 복도를 걸었다.

하지만 저택을 빠져나가지 않았다.

그는 누군가를 찾고 있었다.

그때 그의 눈에 서재 청소를 하는 가정부가 눈에 들어왔다.

조진석이 가정부의 앞으로 차갑게 걸어갔다.

조진석을 알아본 가정부가 살짝 고개를 숙였다.

평소라면 본체만체 지나가야 할 조진석이 오늘은 그녀의 앞에 멈춰 섰다.

"부탁할 게 있는데."

"부탁요?"

조진석이 품에서 사진 하나를 꺼내 그녀에게 건넸다.

사진을 받은 가정부의 눈동자가 크게 떠졌다.

사진 안에는 그녀의 아들이 학교에서 즐겁게 놀고 있는 모습이 있기 때문이다.

"제, 제 아들은 왜?"

조진석이 낮은 목소리로 말했다.

"아들이 몸이 안 좋다고 들었어. 내 일을 도와주면 적지만 치료에 필요한 돈을 주지. 하지만 거부한다면 그쪽의 아들은……."

뒷말을 듣지 않아도 알았다.

싸늘한 조진석의 눈을 보며 가정부는 고개를 끄덕일 수밖에 없었다.

다시 시위 현장.

시위대 대표는 천하 그룹의 입구로 빠져나왔다.

그의 옆으로 사람들이 빙 둘러섰다.

시위는 많은 단체들이 모여 일을 진행하고 있었다.

시위대 대표라고 하지만 엄밀히 따지면 그 역시 한 단체의 일원일 뿐이다.

빙 둘러선 사람들은 각 단체의 장들이었다.

다른 단체장 중 하나가 시위대 대표에게 물었다.

"무슨 이야기를 했소?"

시위대 대표는 힐끗 질문한 단체장을 바라봤다.

'내가 말을 잘못하면 처리당할 거라고?'

시위대 대표는 이곳으로 나오기 전에 희우에게 밖으로 나간 뒤에 해야 할 행동 방침을 전달받았다. 그런데 상대의 의심으로 가득한 눈빛을 보니 희우가 한 말이 더 확실하게 다가왔다.

시위대 대표가 말했다.

"우리 목적이 뭐냐고 물었습니다."

"누가? 김용준 회장이?"

시위대 대표가 고개를 저었다.

"아뇨, 김희우를 만났습니다."

단체장의 싸늘한 눈빛이 시위대 대표를 위아래로 훑었다.

시위대 대표는 침을 꿀꺽 삼켰다.

단체장이 다시 물었다.

"목적이 뭐냐고 물은 게 다요?"

"그리고 돈을 준다고 부탁했어요."

"무슨 부탁?"

"제왕 그룹을 대상으로 시위해 줄 수 없냐고요."

시위대 대표는 말을 하며 주변을 힐끔힐끔 바라봤다.

그리고 멀리서 통화를 하는 한 사람을 발견했다.

그 남자는 지금 이곳에서 나오는 이야기를 모두 윗선에 보고하고 있었다.

시위대 대표는 한숨을 내쉬었다.

'저쪽이 제왕 그룹과 내통하는 자란 말이지?'

지금까지 시위대 대표는 모두 희우에게 들은 이야기를 말하고 있었다.

단체장들이 웃기 시작했다.

"제왕 그룹을 대상으로 시위해 달라고? 웃기고 있네. 그 정도 돈을 줄 수 있답니까?"

시위대 대표가 고개를 저었다.

"아뇨, 터무니없는 액수를 말하기에 딱 잘라 말하고 나왔습니다."

더 이상 들을 말이 없자 단체장들은 다시 각자 자리로 이동했다.

스피커에서 '김용준 회장은 검찰의 조사를 받아라!'라는 소리와 함께 북과 꽹과리 소리가 크게 울려 퍼졌다.

시위대 대표는 방금 전화하던 남자를 관찰하며 다른 사람 몰래 희우에게 메시지를 보냈다.

—검은색 패딩을 입은 남자입니다. 붉은색 야구 모자를 쓰고 있습니다.

시위대 대표에게서 메시지를 받은 희우는 상만에게 전화를 걸었다.

"천하 그룹 앞에 검은색 패딩에 붉은색 야구 모자를 쓴 남자가 있어. 시위가 앞으로 세 시간쯤은 이어질 거니까, 그 사람을 미행해 봐."

희우는 전화를 끊었다. 그리고 그제야 회의실에서 일어나 대표이사실로 향했다.

안에는 김용준 회장이 여전히 미간을 찌푸린 채 앉아 있었다.

희우가 그의 앞에 앉으며 말했다.

"아까 말씀드리지 않고 간 게 있어서 다시 들어왔습니다."

김용준 회장이 시선만 올려 희우를 바라봤다.

희우가 그와 눈을 마주치며 다시 입을 열었다.

"천하민 대표와의 계획이 뭔지는 몰라도 한배를 타시면 가라앉을 겁니다. 그때 제가 형님만을 꺼내기 위해 무리할 수는 없습니다. 협박도, 거래도 아닙니다. 제 아내의 오빠이기에 미리 말씀드리는 겁니다."

당연하지만 콧방귀도 뀌지 않는다. 지금 김용준 회장에게
는 회장 자리의 안전한 보존만 보일 뿐이니까.

희우가 말을 이었다.

"또 하나. 검찰에서 형님의 조사를 고민하고 있다고 합니
다. 아시겠지만 조사가 시작된다면 총장이 바뀐 지 얼마 되
지 않았기에 검찰 쪽에서도 사활을 걸고 덤빌 겁니다. 모쪼
록 대비 잘하시기를 바랍니다."

김용준 회장이 가만히 희우를 바라봤다.

비스듬이 앉아 있던 그가 자세를 고쳐 앉으며 물었다.

"그 말, 꼭 나와 연을 끊고 연락하지 않겠다는 소리로 들
리는데?"

"아뇨, 그건 형님이 선택하실 문제입니다. 천하민의 손을
뿌리치시겠습니까, 아니면 가족의 손을 뿌리치시겠습니까?"

"먼저 뿌리친 건 김자혁이야. 자네도 갈 테면 가."

희우가 자리에서 일어섰다.

그리고 김용준 회장을 향해 고개를 숙였다.

"연락 기다리겠습니다."

며칠이 지났다.

상만이 제왕 화학의 대표로 들어갔다.

제왕 그룹 각 인사에게 붙어 있는 흥신소 직원들에게선 아직 연락이 없었다.

시위대는 여전히 천하 그룹 앞에서 농성을 벌이는 중이었다.

하지만 김용준 회장은 그들을 신경 쓰지도 않았고 언론은 여전히 희우를 조명하고 있었다.

세상은 폭풍 전야였다.

그 시각.

천호령 회장과 대통령 오명성이 마주 앉아 있었다.

천호령 회장이 말했다.

"김희우가 언론에 시비를 거는 바람에 일이 늦어지고 있습니다."

오명성 대통령이 고개를 끄덕였다.

"마음만 급하네요. 급할수록 천천히 움직이라지만 생각대로 살기는 쉽지 않습디다."

천호령 회장이 슬쩍 미소 지었다.

"그래도 날은 가까워지고 있습니다. 이럴 때일수록 가족 단속을 잘하셔야 한다고 주제넘게 간언드리고 싶습니다."

"주제넘다뇨. 아닙니다."

정치인의 일이 진행될 때 문제를 잡히는 게 가족사였다.

아무리 청렴한 정치인이라도 그 가족까지 청렴할 수는 없었다.

어디선가 돈을 받거나 갑질을 하는 등의 문제.

중요한 시기가 다가오는 만큼, 더욱 조심해야 했다.

그들이 목표한 일을 실행하기 위해선 오명성 대통령은 그 누구보다 깨끗한 사람이어야 하니까.

오명성 대통령은 잔을 들어 입술을 적혔다. 그리고 씁쓸한 표정으로 천호령 회장에게 입을 열었다.

"가족 이야기가 나와서 말인데, 작은아들 놈이 문제예요."

"작은아들요?"

"아비가 대통령으로 있는 동안은 조심하라고 말했지만 언제까지 들어 먹을지는 모르겠습니다."

오명성 대통령은 더 말하지 않았다.

하지만 천호령 회장은 오명성 대통령의 작은아들에 대해 이미 파악해 두고 있었다.

그가 오명성 대통령에게 군이 가족 이야기를 꺼낸 이유도 그 작은아들이 사고 칠 테니 그에 대비하라는 뜻이었으니까.

천호령 회장이 피식 웃었다.

"막내가 문제군요. 저도 막내딸이 걱정을 끼치고 있습니다."

"그래요?"

"여식에게는 무엇 하나 물려줄 생각이 전혀 없어요. 그저 여생을 편히 살 정도의 자금만 남겨 줄 생각이죠. 그런데, 욕심을 부리네요."

오명성 대통령이 눈을 반짝이며 천호령 회장을 바라봤다.

두 사람은 철저하게 계약 관계로 만났다.

사적인 이야기를 그간 꺼내지 않았으니 자식 이야기로 조금 더 가까워질 수 있었다.

천호령 회장이 말했다.

"우리가 계획한 일은 빨라도 5~6개월은 걸릴 겁니다. 그때까지는 조용히 있어야 해요. 튀어나온 못이 망치에 두들겨 맞으니까요."

오명성 대통령이 고개를 끄덕였다.

그 시각.

천호령 회장의 딸, 천시현은 바에 앉아 술을 마시고 있었다.

그녀의 옆으로 김석훈이 다가와 앉았다.

"술을 많이 마셨군."

"아뇨. 적당히 마셨죠."

그녀의 앞에 놓인 위스키 병은 거의 바닥을 드러내고 있었다.

천시현이 머리를 쓸어넘기며 가만히 김석훈을 바라봤다.

김석훈이 그녀를 보며 물었다.

"오늘은 술 마시는 이유가 뭐지?"

그녀가 스트레이트 잔을 흔들며 피식 웃었다.

"이유? 뭐가 있을까? 맞다. 아침에 아버지한테 불려 갔어요. 서방 찾을 생각 하지 말고 가만히 숨어 지내라네요."

"……."

"죽어 있으라는 거죠. 계집이 울면 집안이 망가진다나 뭐라나?"

"김희우가 천호령 회장님 측에 자네 남편의 이야기를 했다는 건 들었어."

김석훈과 희우는 정보 공유를 약속했다. 그래서 희우가 조진석과 만난 이야기를 전했기에 그는 알고 있었다.

천시현은 술을 입으로 넘기며 고개를 끄덕였다.

그녀가 술에 취해 흔들리는 눈동자를 바로잡으며 입을 열었다.

"그거 알아요? 난 인형 같은 존재죠. 생각은 하지 못하고 시키는 대로 살아야 해요. 오빠들은 회장 자리에 앉기 위해 치고받고 싸우지만, 난 아무것도 없으니까요. 가만히 앉아서 언론에 단란한 가정이라는 걸 보여 주는 인형일 뿐."

"……."

"나도 그 자리 한번 비집고 들어가서 싸우고 싶었는데."

"싸우면 돼."

천시현이 고개를 돌려 김석훈을 물끄러미 바라봤다.

"난 돈이 없는데요?"

물론 천시현이 말한 돈이란 일반 사람들이 가지고 있는 금액을 이야기하는 건 아니었다.

김석훈이 피식 웃으며 말했다.

"싸움에 이용할 건 돈 외에도 많아."

"뭐가 있을까나?"

김석훈이 천천히 입을 열었다.

"일단은 납작 엎드리는 거야. 납작 엎드리는 것만큼 자신의 생각을 숨길 수 있는 건 없지. 그리고 오빠들에게 이야기해, 도움을 줄 테니 거래하자고."

"……!"

"천호령 회장님과 함께 사는 가족은 지금 자네뿐이야. 그게 얼마나 대단한 건지 모르나?"

그녀는 고개를 끄덕였다.

가끔 천유성, 천하민에게 정보를 달라는 전화를 받기는 한다.

하지만 그걸 본격적으로 이용할 생각은 단 한 번도 해 본 적이 없었다.

김석훈이 말했다.

"정보를 주며 깊숙이 관여하면 되는 거야. 그럼 언젠가 당신에게도 기회가 올 거야. 관여한다는 건 서로 벗어날 수 없는 관계가 만들어질 수 있다는 거니까. 그렇게 상대의 약점을 틀어쥐어. 그럼, 이기는 건 당신이야."

천시현이 피식 웃었다.

"잘 아는 것처럼 이야기하네요?"

"내가 김희우한테 당했던 방법이지."

그 말에 천시현이 입을 가리고 깔깔 웃기 시작했다.

"그거, 쓰린 기억 아니에요?"

"상처는 배움을 주지."

"상처가 너무 커서 일어설 수 없을 뻔했잖아요."

천시현은 깔깔대며 웃었고 김석훈은 무표정하게 잔을 들어 술을 마실 뿐이었다.

한참 웃던 천시현이 물끄러미 한쪽을 보며 말했다.

"저쪽, 누군지 알아요?"

김석훈이 그녀의 손가락이 가리키는 곳을 향해 고개를 돌리려 했다. 하지만 천시현의 말에 의해 그의 고개는 더 이상 돌아가지 않았다.

"고개를 돌리지 마세요. 눈동자만 움직여서 보세요."

"누구지?"

"대통령의 막내 아드님. 나이는 스물한 살. 한창 허세 부리고 다닐 나이. 친구들과 술 한잔 마시고 있나 보네요. 그리고 저쪽과 저쪽 그리고 반대쪽에 있는 사람들은 경호원."

"대통령의 막내아들?"

"네, 문제가 많아서 잘 알려지지는 않았어요. 언론에 드러내지 않았으니까요."

"문제가 많다?"

"폭력 문제도 있고, 거드름 피우는 것도 있고. 음주운전은 일상일걸요? 한쪽에서는 다행이라고 해요. 막내아들이 나이가 좀 있었다면 여기저기 돈을 받기 위해 손 벌리고 다녔을 테니까요."

김석훈이 피식 웃었다.

"대통령도 고민이 많겠어."

힐끗 본 게 전부였지만 대통령의 아들은 가관이었다.

한눈에 보기에도 값비싼 술이 테이블에 두세 병이 올라가 있었다. 그리고 스물한 살의 어린 나이였지만 그의 양옆에는 화장을 짙게 한 여자들이 앉아 간드러진 목소리를 내고 있었다.

김석훈이 낮은 목소리로 중얼거렸다.

"국민의 고혈은 어느 곳에서나 빨리고 있구나."

다음 날.

희우는 상만에게 전화를 받았다.

ㅡ그때 말씀하신 검은 패딩에 빨간 모자 있잖아요?

"응, 말해."

ㅡ지금 강남에 있는 한식집에서 진규학 의원의 비서를 만나고 있대요.

"사진 찍어 뒀어?"

ㅡ사진은 찍었습니다. 그런데 각자 들어가는 바람에 두 사람이 함께 있는 모습은 아니었어요.

"나올 때를 노려 보라고 해."

-알겠습니다.

물론 나올 때도 각자 나올 게 분명했다.

두 사람이 함께 있는 모습을 사진에 남기기는 어려웠다.

희우가 전화를 끊으며 앞을 바라봤다.

그의 앞에는 황진용 의원이 있었다.

황진용 의원은 한때 조태섭의 대항마로 불리던 사람이다.

하지만 조태섭이 떠나고 희우 역시 잠시 정계에서 떠나며 그는 정치의 전면에 나서지 않고 있었다.

대통령 선거에도 나오지 않고 원로답게 뒤에서 조언이나 해 주는 역할을 담당하는 중이었다.

희우가 전화받는 모습을 보며 미간을 찌푸리고 있던 황진용 의원이 물었다.

"또 무슨 일이야?"

황진용 의원의 말에 희우가 슬쩍 웃었다.

"방금 말씀드렸던 일의 연장선이에요."

황진용 의원이 혀를 찼다.

"정말 오명성 그놈이 그런 생각을 하고 있다고?"

"네."

"하긴, 그러니까 자네가 나를 이렇게 대놓고 만나자고 했겠지."

희우는 황진용 의원에게 해가 될까 직접 만나는 걸 최대한 피하고 있었다.

황진용 의원이 한 당의 중추를 맡은 상황에서 희우와 만나는 건 자칫 여론을 움직일 수 있기 때문이다.

하지만 지금은 남의 눈치를 볼 때가 아니었다.

황진용 의원이 혀를 차며 희우를 바라봤다.

"그래, 정치판에 다시 돌아온 이유가 정치할 생각이 아니라 제왕 그룹과 싸우고 싶다는 거지?"

"제가 정치에 대해 뭘 아나요? 잘못한 사람이나 잡아다가 죄를 묻는 게 할 수 있는 유일한 일인데요."

황진용 의원이 한숨을 내쉬었다.

"그래, 그게 문제야. 정치한다는 양반들이 너처럼 이야기해야 해. 그놈들은 자신이 정치를 꽤 잘 아는 것처럼 행세하니까. 내가 수십 년을 정계에 몸담아 왔지만 아직도 정치를 모르겠는데, 이제 고작 이선, 삼선 의원들이 다 아는 것처럼 목에 힘주고 다니는 꼴을 못 보겠어."

희우가 피식 웃었다.

그리고 젓가락으로 음식을 집어 먹으며 가만히 황진용 의원을 바라봤다.

"의원님도 주름이 많이 지셨네요."

"내가 자네하고 처음 만났을 때가 벌써 몇 년 전인데?"

"이번이 정계에 계실 마지막 기회라고 생각하신다죠?"

"박유빈 기자가 그런 것까지 이야기했나?"

어게인
마이라이프
SEASON2

희우의 고등학교 선배였던 박유빈 기자는 정치부 기자로서 황진용 의원과 가까이 지내고 있었다.

　희우가 슬쩍 웃으며 고개를 끄덕였다.

　그리고 물끄러미 황진용 의원을 바라보다가 툭 던지듯 말했다.

　"마지막으로 대통령 해 볼 생각 없으세요?"

　"없어."

　황진용 의원은 생각해 볼 필요도 없다는 듯 딱 잘라 말했다.

　희우가 입을 열었다.

　"천호령 회장과 오명성 대통령의 일이 실패하면 대선이 급하게 돌아올 겁니다. 그럼, 기회주의자들이 들고나오겠죠. 그 기회주의자들이……."

　희우가 말할 때, 황진용 의원이 고개를 저으며 말했다.

　"내가 정치판에서 생활하며 배운 가장 큰 게 뭔지 알아?"

　"……?"

　"누군가는 내게 말해, 내가 지난 대선에 나갔다면 오명성이를 누르고 대통령이 되었을 거라고. 그런데, 과연 그럴까?"

　"……?"

　"자네가 지금 이해할지는 모르겠다만 대통령이라는 자린 하늘이 내려 주는 거야. 난 그 자리에 앉을 그릇이 못 돼요."

　희우가 피식 웃었다.

　"그릇은 의원님이 결정하는 게 아니라 국민이 결정하는 것 아니었나요?"

"이 나이가 되니 내 그릇이 정확히 보여. 대통령의 자리는 내게 무리야."

희우가 고개를 끄덕였다. 그리고 조금 아쉬운 표정으로 말했다.

"알겠습니다. 의원님이 거절할 거라는 건 알고 있었어요. 다만 한번 의중을 여쭙고 싶었습니다. 제 생각에 대통령에 가장 걸맞은 사람은 의원님이라고 생각했으니까요."

황진용 의원이 빤히 희우를 바라보며 입을 열었다.

"난 자네라고 생각하는데."

"……!"

"대통령의 자리는 하늘이 줬다고 말하지 않았나? 자네야 말로 하늘에서 뚝 떨어진 것 같은 인재잖아."

희우가 어색하게 웃었다.

"아뇨, 저는 아직 나이가 대통령 선거에 나갈 나이가 되지 않습니다."

황진용 의원이 물끄러미 희우를 바라봤다.

"대통령 출마할 수 있는 나이가 마흔 살이지? 국민을 이해할 수 있을 나이가 그쯤은 돼야 한다면서 만든 법일 거야. 그런데, 자네는 국민을 이해할 수 있잖나? 법이란 사회규범인데, 사회가 바뀌면 법도 바뀌어야지."

희우가 고개를 저었다.

"전 정치인으로 살아갈 생각은 전혀 없습니다. 제왕 그룹 천호령 회장과의 일이 일단락되면 동네 변호사로 평범하게 살아갈 생각입니다."

황진용 의원이 희미하게 미소 지으며 고개를 끄덕였다.

"시대가 자네를 필요로 하는 것인지, 아니면 자네가 시대를 만들어 가고 있는 것인지 궁금해. 시대가 자네를 필요로 하는 거라면 동네 변호사로 살아갈 수는 없겠지."

이야기가 이상한 쪽으로 진행되자 희우는 어색하게 웃으며 말을 돌렸다.

"뭐, 제 이야기는 됐고, 황진용 의원님은 대통령이라는 자리에 관심이 없으신 겁니까?"

"관심은 있지. 정치질을 하면서 대통령 자리를 탐낸 적 없다고 말하면 그건 거짓말쟁이야. 하지만 나는 그릇이 작아. 한 나라를 이끌어 갈 크기가 되지 않아."

희우가 슬쩍 웃었다.

그리고 더 이상 대통령 출마에 관해서는 이야기하지 않았다.

어차피 황진용 의원을 단 한 번에 설득할 수 있으리라고는 생각하지 않았으니까.

두 사람은 두런두런 평소 못해 왔던 이야기를 시작했다.

황진용 의원은 최근 생긴 취미를 이야기했고, 희우는 자신의 딸에 관해서 이야기했다.

그리고 잠시 후, 두 사람의 대화가 끝나고 헤어져야 할 시간이 왔다.

황진용 의원이 자리에서 일어서며 희우에게 말했다.

"의원들 단속은 내가 해 두겠어. 대통령의 뜻은 알았으니 쓸데없는 짓 못 하게 견제해야지."

"하지만 여론이 움직이면 의원들도 어쩔 수 없을 겁니다."

"거기까지는 가지 못하게 준비해야겠지. 이거, 말년에 고생하게 생겼어."

앓는 소리를 하는 황진용 의원을 보며 희우가 슬쩍 미소를 그렸다.

그날 밤.

천호령 회장의 서재에 검은 그림자가 나타났다.

그 그림자의 주인공은 천호령 회장의 집 안 청소를 책임지는 가정부였다.

그녀는 서재의 문 앞에 서서 긴장된 숨을 작게 내쉬었다.

문고리에 손을 댔다가 뗐다가 하며 망설이던 그녀는 큰 결심을 했는지 힘주어 문고리를 돌렸다. 그러자 '끼이익' 하고 문이 열렸다.

평소에는 소리가 나지 않는 문인데 오늘따라 왜 이렇게 소리가 크게 들리는지 모르겠다.

문이 열리고도 그녀는 쉽게 안으로 들어가지 못했다.

긴장이 되는 모양이다.

그녀의 눈동자가 다시 한 번 복도를 훑었다.

아무도 없다는 걸 다시 한 번 확인한 후에야 살금살금 서재 안으로 들어갔다.

작게 열렸던 문은 그녀가 안으로 들어가며 '탁' 하고 소리를 내며 닫혔다.

그녀는 다시 한 번 긴장된 심호흡을 내뱉으며 책상으로 걸어가 서랍을 열었다.

지금 그녀는 도시 상어 조진석에게 의뢰를 받고 천호령 회장의 약을 찾는 중이었다.

그리고 첫 번째 서랍에서 어렵지 않게 약을 찾을 수 있었다.

그녀의 입에서 안도의 한숨이 흘렀다.

한 알을 빼서 손에 쥔 그녀는 다시 몸을 돌려 조심조심 걸었다.

다시 문을 작게 열고 살그머니 밖으로 나갈 때, 그녀는 자신의 눈앞에 있는 천시현을 보고 소스라치게 놀랐다.

천시현이 붉은 입술을 말아 올리며 말했다.

"조용."

가정부는 눈을 깜박이지도 못한 채 굳은 상태로 고개를 끄덕였다.

지금 가정부의 심장은 터질 듯 흔들리고 있었다.

천시현이 가정부를 향해 한 발 다가갔다.

"지금 뭐하는 거지?"

"처, 청소하고 있었습니다."

천시현이 고개를 저었다.

"이 시간에 무슨 청소야? 거짓말 안 했으면 좋겠는데. 몰라? 알잖아. 난 거짓말하는 사람 정말 싫어해."

천시현이 한 발 더 다가서자 가정부는 고개를 숙였다.

"죄송합니다. 그러니까……."

가정부는 천시현의 성격이 얼마나 좋지 않은지 잘 알고 있었다.

가정부나 일하는 사람을 대상으로 폭행, 폭언을 일삼는 건 우스운 일이었으니까.

그리고 최근 몇 년, 그러니까 남편이 실종된 후로 천시현의 히스테리는 더욱 극에 치닫고 있었다.

가정부가 살짝 고개를 들어 두려운 눈동자로 천시현을 바라봤다.

오늘은 옅은 술 냄새까지 풍겼다.

술을 마셨을 때 그녀의 앞에서 뭔가 잘못하면 자칫 정말 큰일이 벌어질 수 있었다.

천시현은 가난한 사람을 인간으로 취급하지 않기 때문이다.

천시현이 팔짱을 낀 채 가정부를 향해 한 발 더 다가섰다.

"그만 말해 줬으면 좋겠어. 누가 시킨 거지? 뭘 하라고 한 거지? 솔직히 이야기하면 너에게 해가 될 건 없을 거야."

가정부의 나이는 오십이 넘어 보였다.

하지만 천시현은 아무렇지도 않게 하대하고 있었다.

가정부는 연신 굽신거리며 손에 든 약을 내밀었다.

"이, 이걸 가지고 오라고……."

"누가?"

"조진석 비서님이……."

천시현은 물끄러미 가정부의 손에 놓인 약을 바라봤다. 그리고 손에 들어 눈앞에 가까이 댄 채 빙글 돌렸다.

"오케이, 좋아. 모른 척해 줄 테니까, 가지고 가 봐."

"네?"

"조진석에게도 나와 만났다는 이야기는 하지 마."

"네, 네. 알겠습니다."

가정부는 뒤도 돌아보지 않고 도망치듯 그 자리를 피했다.

천시현은 가정부의 뒷모습을 보며 복도의 벽에 등을 기댔다. 그리고 가만히 생각에 빠졌다.

'조진석이 혼자 알아냈을 리는 없고, 아버지가 병환이 있다는 걸 누가 알았을까? 천유성? 천하민?'

천호령 회장의 병은 제왕 병원에서도 극비로 취급하고 있었다.

조진석이 그림자 같은 역할이라 해도 천호령 회장은 거기까진 알리지 않았다.

약해지면 가장 먼저 배신하는 게 믿는 도끼니까.

하지만 천유성, 천하민, 천시현은 다르다.

이들은 가족. 그리고 천호령 회장의 사후에 돈을 이어받을 사람들이다.

아무리 천호령 회장이 말하지 말라고 했어도 병원장은 그들에게만큼은 이야기할 수밖에 없다.

가만히 벽에 등을 기대고 있던 천시현은 핸드폰을 들어 김석훈에게 전화를 걸었다.

"내가 정보가 하나 있는데, 이걸 누구에게 팔아야 이득이 될까요?"

-어떤 정보지?

천시현은 김석훈에게 방금 있었던 일을 간략히 이야기했다.

말을 들은 김석훈이 입을 열었다.

-천하민에게 팔아. 조진석은 천유성과 만난 적이 있어.

김석훈이 이야기한 건 희우에게 들은 말이었다.

천시현은 김석훈과의 전화를 끊고 곧이어 천하민에게 전화를 걸었다.

통화연결음이 이어질 때, 천시현의 눈은 차갑게 식었다.

그들과 싸울 돈이 없다면 깊게 관여한다. 그리고 벗어날 수 없는 연결 고리를 만든다.

그녀의 붉은 입술이 점차 말려 올라갔다.

"어머? 주무셨어요?"

천호령 회장의 집 대문 앞에 조진석이 서 있었다.

문이 끼이익 열리더니 가정부가 고개를 내밀었다.

그녀는 길가에 누가 있는지 두리번거려 확인한 후 조진석에게 말했다.

"여기 있습니다."

가정부는 손에 쥔 약을 조진석에게 건넸다.

"들키지는 않았지?"

가정부는 대답 대신 고개를 끄덕일 뿐이다.

방금 천시현에게 걸리긴 했지만 그녀가 모른 척해 준다고 말했으니 지금은 잡아떼는 게 유리했다.

조진석이 품에서 돈을 꺼내 가정부에게 건넸다.

"충분할 거야."

가정부가 꾸벅 고개숙였다.

"감사합니다."

"오늘의 일은 잊도록 해."

그리고 조진석은 몸을 돌려 차량으로 걸어가 올라탔다.

시동을 거는 조진석의 머릿속은 복잡했다.

일단 어떤 약인지 알 수 없지만 천호령 회장에게 지병이 있다는 건 확실해졌다.

그 나이에 지병 하나 없을 수는 없지만 언제나 강하게 보였던 천호령 회장이라는 거목이 꺾이고 있다는 건 충격이었다.

조진석은 낮게 한숨을 내쉬었다.

이제 결정해야 할 때였다.

만약 천호령 회장의 나이에 이길 수 없는 병이라면?

'그럼 어떻게 해야 하나?'

그 시각, 희우는 상만이와 앉아 있었다.

상만이 좋아하는 삼겹살집이었다.

고기가 지글지글 익고 있을 때, 상만이 젓가락으로 고기를 집으며 말했다.

"어떤 계획이세요?"

"싸우게 해야지."

"싸우게요?"

희우가 고개를 끄덕였다. 그리고 술잔을 들어 입술을 적신 후 말했다.

"천유성과 천하민이 싸우면 치부가 드러날 거야."

지난번, 천유성 대표는 희우에게 제왕 화학 분식 회계 자료를 건네줬었다.

쉽게 얻을 수 없는 자료를 아무렇지도 않게 던져 줬다는 것은 그 외의 자료도 상당수 가지고 있다는 뜻과 같았다.

희우가 말했다.

"천유성은 언제든 천하민의 머리 위에 폭탄을 떨어뜨릴 준
비가 되어 있어. 세금 문제고 비리 문제고 차곡차곡 준비해
뒀겠지. 천하민 역시 마찬가지일 테고."

상만이 소주 잔을 내려놓으며 고개를 끄덕였다.

"지금 천하 그룹 상황과 비슷하네요."

희우가 피식 웃었다.

천하 그룹 역시 김용준 회장과 김자혁 대표가 일촉즉발의
상황에 서 있으니까.

희우가 말했다.

"그래도 천하 그룹은 달라. 김용준 회장이나 김자혁 대표는
천유성, 천하민 형제처럼 오랫동안 뭘 준비하지는 않았거든."

그때 희우의 핸드폰에 천유성 대표로부터 전화가 걸려 왔다.

희우가 통화 버튼을 누르며 전화기를 귀에 댔다.

"네, 김희우입니다."

-방금 조진석에게 연락이 왔어.

"뭐라고 합니까?"

-나를 돕겠다고 하더군.

희우의 입꼬리가 살짝 말려 올라갔다. 그리고 말했다.

"잘됐네요."

-이제 이놈을 어떻게 써먹어야 할지 고민인데…….

"두 가지 방법이 있습니다. 하나는 조진석을 이용해서 천

호령 회장님께 대표님의 칭찬을 늘어놓는 겁니다."

－마음에 들지 않아. 다른 방법은 뭔가?

"조진석을 통해 천호령 회장님의 비리를 찾아내는 겁니다."

－그건 마음에 들어.

희우는 전화를 끊었다.

상만이 희우를 힐끗 바라봤다.

"뭐래요?"

"패륜을 저지르겠대."

"네?"

상만이 눈을 깜빡였다.

희우가 그의 잔을 채우며 말했다.

"내일 아침에 천하민한테 전화하면서 천유성이 중요한 사
람을 포섭한 것 같다고 말을 흘려."

그 시각.

천호령 회장의 자택.

천호령 회장의 방은 불이 꺼져 있다.

하지만 천호령 회장은 잠을 청하지 않고 창가에 우두커니
서 있었다.

그의 차가운 시선은 창문을 통해 아래로 향하고 있었다.

그의 시선이 멈춰져 있는 곳은 방금 조진석과 가정부가 만났던 집의 입구였다.

천호령 회장의 시선이 천천히 움직였다.

그의 눈은 이제 천시현의 방이 있는 곳을 응시하고 있었다.

천호령 회장의 입꼬리가 말려 올라갔다. 그의 눈은 탐욕스럽게 빛나고 있었다.

천호령 회장이 손을 천천히 앞으로 내밀었다.

그리고 실로 매달아 조작하는 인형극, 마리오네트를 하는 것처럼 손가락이 움직이기 시작했다.

아무것도 없었지만 그의 탐욕스러운 눈동자에 실과 인형들이 보였다. 물론 그의 눈에만 보이는 거다.

그 인형들 중에는 희우도 있었고, 천유성, 천하민, 천시현, 조진석, 오명성 대통령 등이었다.

Chapter 3

다음 날.

제왕 백화점의 대표이사실에서 천유성과 도시 상어 조진석이 마주 앉았다.

조진석이 물끄러미 천유성 대표를 바라봤다.

조진석의 얼굴엔 고민이 가득했다.

이미 천유성 대표를 따르기로 한 상황이었지만 지금도 고민되는 모양이었다.

오랜 시간 천호령 회장을 옆에서 보좌했는데 마지막이 되었다는 이유로 뒤도 돌아보지 않고 둘째 아들 천유성과 손을 잡은 게 마음이 편할 수는 없었다.

천유성 대표는 그런 조진석을 물끄러미 바라봤다.

뱀의 눈동자로 상대를 지켜보며 기다려 주는 것이 천유성 대표가 하는 일이었다.

잠시 후, 조진석이 한숨을 내쉬며 물컵을 들어 올려 입술을 적신 후 말했다.

"제가 무엇을 하면 되겠습니까?"

천유성 대표가 조진석을 보며 살짝 미소 지었다. 그리고 다정한 목소리로 말했다.

"결심이 서지 않았다면 무리하지 않아도 좋아요."

조진석이 굳은 표정으로 고개를 저었다.

"아닙니다. 시킬 일이 있으면 말씀하십시오."

천유성 대표는 조진석의 말에 만족했는지 입가에 그려진 미소를 지우지 않은 채 고개를 끄덕였다.

"좋습니다. 그럼 하나 말씀드리지요. 조금 어려운 것도 괜찮습니까?"

"어떤 것이든 상관 없습니다."

조진석의 대답에 천유성 대표의 입가에 걸린 미소는 더욱 짙어졌다.

천유성 대표가 천천히 입을 열었다.

"그럼 우리 아버지의 비리를 모아 줄 수 있습니까?"

"네? 아, 아버지라면 그러니까 처, 천호령 회장님의 비리를 모아 달라는 겁니까?"

조진석은 눈을 동그랗게 뜨고 천유성 대표를 바라봤다.

천유성 대표는 살짝 고개를 끄덕인 후 말했다.

"아시다시피 아버지는 우리 형제들을 믿지 않습니다. 가까이에 있던 조진석 실장에게 병환을 알리지 않으신 걸 보니 아무도 믿지 않는다고 봐야지요."

조진석은 고개를 끄덕였다.

천유성 대표의 말대로 천호령 회장은 그 어떤 사람도 믿지 않았다.

그저 자신을 믿었을 뿐이다.

천유성 대표가 말했다.

"그런데요, 만약에 아버지가 돌아가시기 전에 조진석 실장과 제 사이를 알게 되면 어떻게 될까요?"

"……!"

"온전한 정신이 아니라 나이가 들어 올바른 판단을 못하는 상황에서 우리가 손을 잡고 있다는 걸 알면 어떻게 될까요?"

조진석은 입을 꽉 다물었다. 보지 않아도 듣지 않아도 어떤 일이 일어날지 빤히 알 수 있었다.

조진석은 천호령 회장이 두려웠다.

천유성이 계속해서 말을 이었다.

"그럼 우리도 무기를 가지고 있어야 하지 않을까요? 우리에게도 아버지에게 대항할 무엇인가는 있어야지요."

조진석은 가만히 천유성 대표의 눈동자를 바라봤다.

뱀눈을 가진 천유성 대표.

지금 그의 몸에서 흐르는 살기를 느끼고 있으면 그가 정말 천호령 회장의 아들이 맞는지 의심스러울 정도였다.

천유성 대표는 지금 자신의 아버지인 천호령 회장을 꺾는 게 당연하다고 여기고 있었다.

아버지가 아닌 적으로서 천호령 회장을 대하는 것 같았다.

천유성 대표가 말했다.

"아버지는 우리를 봐주지 않을 겁니다. 그래서 우리도 준비 해야 합니다. 안타깝지만 아버지는 나와 조진석 실장의 죄를 알고 있습니다. 하지만 우리는 아버지의 죄를 모르고 있죠."

"……."

"어때요? 아버지의 죄를 손에 들고 올 수 있겠습니까?"

"바로 사용하실 겁니까?"

천유성 대표가 희미한 미소를 머금은 채 고개를 저었다.

"아뇨, 걱정하지 마세요. 조진석 실장이 죄를 가지고 온다 면 저는 곱게 받아 한쪽에 숨겨 두겠습니다. 아버지가 먼저 우리를 공격하지 않는 한 저도 꺼낼 일은 없을 겁니다. 보험 으로서 가지고 있을 생각입니다."

조진석은 크게 한숨을 내쉬며 고개를 끄덕였다.

"알고 계셔야 합니다. 천호령 회장님과 싸운다면 대표님 과 제가 손을 잡고 있다 해도 우리가 질 겁니다."

천유성의 입가에 살짝 미소가 걸렸다.

그가 고개를 끄덕였다.

"알고 있어요. 집니다. 인정해요. 그런데, 꿈틀할 수는 있잖아요. 밟혀서 꿈틀거리지도 못하면 그건 지렁이만도 못한 거죠. 그리고, 지금 난 아버지의 비리가 필요하기도 하지만 조진석 실장의 각오를 보고 싶기도 해요."

조진석의 각오란 천호령 회장을 떠나 천유성에게 정말 몸을 맡길 수 있냐는 거다.

조진석이 다시 한 번 한숨을 내쉬며 고개를 끄덕였다.

"알겠습니다. 천호령 회장님에 관한 비리를 찾아오도록 하겠습니다."

천유성 대표가 다시 한 번 활짝 웃었다.

"아뇨, 너무 무리하진 마세요. 정말 각오가 되었을 때, 움직이도록 하세요. 저는 천천히 기다릴 생각입니다."

"감사합니다."

조진석이 천유성 대표를 향해 꾸벅 고개를 숙였다가 올렸다.

그때 천유성 대표의 뱀눈을 본 조진석은 자신도 모르게 입술을 잘근 씹었다.

어쩐지 천유성 대표의 손아귀에서 놀아나고 있는 기분이 들었기 때문이다.

그 시각.

제왕 호텔 대표이사실.

천호령 회장의 셋째 아들인 제왕 호텔 대표 천하민과 딸인 천시현이 마주 앉아 있었다.

천하민이 눈을 찌푸리며 천시현을 바라봤다.

"그 말이 정말이야?"

"네, 내가 왜 거짓말을 하겠어요?"

천시현은 곱슬거리는 머리를 손가락으로 말아 보이며 생긋 웃었고, 천하민은 머리를 쥐어뜯으며 한숨을 내쉬었다.

머리를 쥐어뜯던 천하민 대표가 다시 고개를 들어 천시현의 눈을 보며 물었다.

"그러니까 조진석이가 둘째 천유성 형님과 손잡은 것 같다고?"

"네. 조진석은 아버지가 아픈 걸 몰랐나 봐요. 둘째 오빠가 그걸 빌미로 조진석과 거래한 것 같아요."

천하민이 한숨을 내쉬며 생각에 빠졌다.

그러고 보니 오늘 아침, 제왕 화학 박상만 사장으로부터 전화가 걸려 오기도 했었다.

-어제 김희우 의원이 하는 말을 얼핏 들었습니다. 천유성 대표가 어떤 중요한 사람을 포섭한 것 같다는데요. 그게 누군지까진 모르겠네요.

박상만 사장의 목소리를 기억하며 천하민 대표는 고개를

저었다.

'그게 조진석이었구나. 그럼 둘째 형님은 김희우와도 손을 잡은 건가?'

천하민 대표는 고개를 저었다.

김희우와 손을 잡았는지는 확신할 수 없었다.

천하민 대표에게 김희우라는 인간은 필요에 의해 이리저리 붙는 박쥐 같은 사람이기 때문이다.

그랬기에 천유성 대표와 김희우가 가까이 지내는 이유가 둘 사이에 어떤 거래가 있기 때문이라고 여겨지고 있었다.

'어떤 거래가 있었을까?'

잠시 생각에 빠져 있던 천하민 대표가 시선을 들어 앞에 앉아 있는 천시현을 바라봤다.

"네가 원하는 건 뭐지?"

천시현이 붉은 입술을 말아 올리며 미소 지었다.

"어머? 몰라서 그래요? 친절하게 설명해 줘야 하나? 조진석이 둘째 오빠와 붙었어요. 둘째 오빠한테 조진석이 필요한 이유가 뭐죠?"

"아버지에 대한 정보겠지."

"맞아요. 그럼 조진석 말고 아버지의 정보를 캐낼 수 있는 사람이 또 누가 있죠?"

천하민 대표의 눈이 차갑게 천시현을 바라봤다.

"너밖에 없겠지."

천시현이 살짝 미소 지었다.

"다 알고 있으면서 모른 척하셨네요?"

"그래, 내가 너를 통해 아버지의 정보를 얻는다고 하자. 그럼 너는 나에게 무엇을 얻을 거지? 네가 원하는 게 뭐야?"

천시현이 살짝 미소 지었다.

"글쎄요. 조금 더 생각해 보고 말해 주면 안 될까요? 지금은 너무 갑작스러워서 아무 생각도 안 나요. 우선은 우리 셋째 오라버님인 천하민 대표님을 도우면서 필요한 걸 차차 생각하도록 할게요. 그때 내가 원하는 걸 들어줬으면 좋겠네요."

그녀가 원하는 것은 있었지만 지금 말할 수는 없었다.

지금 원하는 걸 솔직하게 말하면 천하민은 단박에 거절할 게 뻔했다.

하지만 시간이 조금 더 지난 후, 천하민과 천시현 사이가 떨어지기 힘들 정도로 얽혔을 때, 그리고 둘째 천유성이 천하민을 상대로 거센 공격을 할 때, 그녀가 필요한 걸 말한다면 천하민은 절대 거절할 수 없을 것이었다.

천시현은 그때를 기다리기로 했다.

가만히 그녀의 눈을 바라보던 천하민 대표가 고개를 끄덕였다.

"좋아, 그렇게 하지. 웬만하면 지분 같은 것은 제외하고 현실적인 물건을 탐했으면 좋겠어."

천시현은 슬며시 미소 지으며 입을 열었다.

"난 현실적인 물건보다 비현실적인 게 더 마음에 드는걸요?"

"주제에 맞는 걸 탐해. 지나친 욕심은 저승으로 가는 빠른 길이니까."

천시현의 입가에 걸렸던 미소가 사라졌다.

그녀가 보는 천하민의 얼굴에 보이는 미소는 마치 '네 남편은 지나친 욕심을 부리다가 죽었어. 네 남편처럼 죽기 싫으면 주제 파악이나 잘해.'라고 말하는 것같이 보였다.

잠시 생각에 빠졌던 천시현이 머리를 쓸어 넘기며 다시 미소 지었다.

"알았어요. 주제에 맞는 선물을 골라 보죠."

그녀는 생긋 웃었다.

아직 누가 자신의 남편을 죽인지 모른다. 그때까지는 가식적인 미소를 가면 대신 쓰고 있어야 했다.

그날 오후.

천호령 회장의 자택.

천호령 회장은 서재에 앉아 책을 보고 있었다.

똑똑똑.

문 두들기는 소리가 들리고 조용히 문이 열렸다.

들어온 사람은 조진석이었다.

조진석이 꾸벅 고개를 숙인 후 천호령 회장의 앞에 섰다.

"부르셨습니까?"

천호령 회장이 살짝 고개를 들어 조진석을 바라봤다. 그리고 빙긋이 미소 지은 후 말했다.

"지난번에 김희우와 만났다던 시위대 대표 있잖은가? 내가 그때 잘 알아보고 김희우의 혓바닥에 놀아난 것 같으면 치우라고 했었지?"

"네, 그렇게 말씀하셨었습니다."

"그놈, 치우지 말도록 해."

"……?"

조진석이 가만히 천호령 회장을 바라봤다.

천호령 회장이 빙긋 미소 지은 후 다시 천천히 말했다.

"김희우의 혓바닥에 녹았어도 상관없으니까 가만히 내버려 둬. 혹시 치웠다면 죽은 게 아닌 이상 다시 시위 현장에 던져 두고."

조진석은 고개를 숙였다.

"알겠습니다. 확인해 보도록 하겠습니다."

"그리고 하나 더."

"말씀하십시오."

"진규학이에게 연락 넣어서 대통령님께 부탁 좀 해 달라고 해."

"어떤 걸 부탁할까요?"

마이라이프
SEASON2

대화가 진행될수록 조진석의 얼굴엔 의혹만 생기고 있었고, 반대로 천호령 회장의 얼굴엔 즐거움이 가득해지고 있었다.

천호령 회장이 말했다.

"천하 그룹을 당장 조사했으면 좋겠다고 전하도록 해."

"알겠습니다."

조진석은 꾸벅 고개를 숙인 후 몸을 돌렸다.

탁, 서재의 문을 닫은 조진석의 입에서 한숨이 흘렀다.

조진석이 느끼기에 천호령 회장의 말이 오락가락하고 있었다.

앞뒤가 맞지 않았다.

시위 현장에서 김희우와 접선했던 시위대 대표를 가만히 놔두라니 이해할 수가 없었다.

그리고 대통령에게 대포폰까지 전달해 두고선 진규학 의원을 통해 의견을 전달하다니…….

조진석은 한숨을 내쉬며 고개를 저었다.

예전 같으면 천호령 회장의 어떤 행동에도 단 하나의 의심도 품지 않았을 거다.

하지만 지금은 천호령 회장에게 언제 이상이 생겨도 이상하지 않다는 걸 알고 있었다.

조진석이 고개를 저었다.

그리고 조금은 슬픈 목소리로 중얼거렸다.

'천호령 회장님의 시대가 정말 기울고 있구나.'

조진석이 떠난 후, 천호령 회장의 서재.

문밖에 서 있는 조진석이 천호령 회장의 시대가 끝났음을 생각하며 슬픈 표정을 짓고 있는 것과 달리, 책상에 앉아 있는 천호령 회장의 입가에 잔혹한 미소가 머금어져 있었다.

천호령 회장이 낮은 목소리로 중얼거렸다.

"이제 모든 죄는 김희우가 뒤집어쓸 거야."

계획했던 퍼즐이 완성되고 있었다.

몇 가지 변수는 생겨나고 있었지만 그것마저 천호령 회장을 돕는 중이었다.

즉, 하늘이 돕는 것만 같았다.

모든 건 완벽했다.

천호령 회장의 입가에 걸린 미소가 더욱 짙어지고 있었다.

며칠 후, 아침.

희우는 와이셔츠의 단추를 채우며 리모컨의 전원 버튼을 눌렀다.

화면이 켜지고 뉴스 속보라는 문장이 눈에 들어왔다.

화면이 바뀌더니 아나운서가 나와 입을 열었다.

－검찰이 대기업을 향해 칼을 뽑아 들었습니다. 전석규 검찰총장 체제로 서는 첫 승부수입니다. 천하 그룹 김용준 회장에 대한 세금 및 횡령 등을 조사할 것이고 제왕 그룹 제왕 화학 전임 대표인 장일현 대표에 관한…….

아나운서의 목소리가 다급하게 들려오자 희우의 옆으로 아내가 다가와 섰다.

그녀가 슬쩍 희우를 보며 물었다.

"조사할 거라는 거 알고 있었어?"

희우는 검사 출신이었다.

게다가 지금 전석규 총장과 민수 등, 검찰의 주요 라인은 희우와 친한 사이였다.

조사가 진행된다는 걸 사전에 알고 있을 확률이 높았다.

희우가 아내를 보며 엷은 미소를 지어 보였다.

"나도 민수 선배한테 어제 연락받았어. 계속 고민하다가 이제 시작한다고 하더라고."

"어디까지 할 거래?"

희우는 쓰게 웃었다.

아무래도 아내에게는 형제의 일이다.

사실을 말하는 게 조금은 눈치가 보일 수밖에 없었다.

희우가 천천히 입을 열었다.

"검찰 쪽에서도 급히 결정 난 것 같아. 천하 그룹은 김용준 회장님, 그러니까 큰형님을 구속하는 걸 목표로 하고 있고 제왕 그룹은 장일현 대표 구속을 목표로 하고 있지."

아내는 조용히 한숨을 내쉬었다.

"막을 수는 없는 거지?"

희우가 고개를 끄덕였다.

"전석규 총장님이잖아."

그 말이면 끝이었다.

희우가 전석규 총장과 함께 있지 않아 결정 과정을 지켜보지는 않았다. 하지만 전석규 총장이 천하 그룹에 대한 조사를 결정하기까지 얼마나 많은 고민을 했을지는 보지 않아도 알 수 있었다.

청와대에서 조사하라는 지시가 떨어졌어도 며칠을 유보해 둔 채 검찰에 명령을 내리지 않은 것이 그 고민의 증거이기도 했다.

전석규 총장이 천하 그룹에 관한 조사를 고민한 이유가 희우 때문은 당연히 아니었다.

우선 천하 그룹이 정말 문제가 있는지를 밑바닥부터 조사했을 것이다.

그리고 그 조사를 토대로 검찰이 천하 그룹의 막강한 변호인단을 이기고 원하는 목표를 달성할 수 있을지 고민했을 게 분명했다.

그렇게 장고 끝에 결정한 일이다.

즉, 김용준 회장의 구속에 확신이 있다는 뜻이다.

막기는 어려웠다.

아내가 소파에 앉으며 물었다.

"그럼 자혁이 오빠가 회장이 되는 거야?"

희우가 머리를 긁적인 후 아내를 물끄러미 바라봤다.

"내가 지금부터 하는 말, 기분 나쁘게 듣지 않았으면 좋겠는데."

"말해. 기분 나빠도 나쁘지 않은 척할게."

"다른 그룹 보면 전문 경영인을 두기도 하잖아. 천하 그룹은 그럴 생각이 없는 거야?"

"전문 경영인?"

희우가 조금 난처하게 미소 지으며 말했다.

"여보는 어떻게 생각하고 있을지 몰라도 난 김자혁 형님에게는 회장 자리에 앉을 능력이 없다고 보거든."

"……."

"김희아 씨가 회장 자리에 앉는 게 아니라면 차라리 전문 경영인을 두는 게 어떤가 싶어서."

아내가 고개를 갸웃거리다가 미간을 찌푸렸다.

"누가 회장? 김희아 씨? 그건 나잖아? 난 절대 안 해."

아내가 딱 잘라 말하자 희우가 슬쩍 웃었다.

"재벌 딸로 태어나서 저렇게 경영에 관심 없는 것도 정말 특이해."

그 말에 아내가 피식 웃었다.

"그래서 내가 당신 아내인 거 몰라? 이 정도는 되어야 김희우 씨를 컨트롤할 수 있죠."

"네, 네. 알겠습니다."

잠깐의 농담일 뿐이었다.

뉴스에서는 천하 그룹과 검찰에 대한 걸 보도하고 있었기에 아내의 얼굴은 금세 어두워지고 있었다.

희우는 집에서 나와 차량에 올랐다.

천하 그룹으로 가고 싶었지만 지금 갈 수는 없었다.

그룹의 앞에서는 시위대가 거센 시위를 하는 중이었고 언론 등 대한민국의 시선이 모두 집중된 상태였다.

희우가 가족의 일이라고 나섰다가 자칫 얼굴이 언론에 실리게 되면 골치 아픈 상황을 초래할 수도 있었다.

희우는 차량의 시동을 걸고 천유성 대표가 있는 제왕 백화점으로 향했다.

도착한 대표이사실에는 천유성 대표와 조진석이 마주 앉아 있었다.

희우가 들어온 걸 본 조진석이 자리에서 일어나 천유성 대표에게 꾸벅 고개를 숙였다.

"그럼 나중에 또 뵙겠습니다."

조진석은 희우가 온 게 마음에 들지 않는다는 걸 표정으로 드러내고 있었다.

자신을 노려보는 조진석을 보며 희우는 빙긋이 미소 지을 뿐이었다.

조진석은 대표이사실을 빠져나가기 위해 희우를 스쳐 지나갔다.

하지만 두 사람 사이에 어떤 대화는 없었다.

그저 싸늘한 바람만 불어올 뿐이었다.

희우의 등 뒤에서 탁, 문 닫히는 소리가 들리며 조진석이 떠났다.

천유성 대표가 빙긋이 미소를 그리며 희우에게 말했다.

"조진석 실장이 먼저 갔다고 섭섭해하지 마. 조진석 실장과 나의 비즈니스지, 김희우 의원과의 비즈니스는 아니니까."

"집안일인가요?"

"뭐, 그렇지. 그런데 우리 집만 골치 아픈 줄 알았는데, 들어 보니까 조진석 실장의 가족사도 좋지는 않네."

지나가는 말로 한 이야기였다.

하지만 희우는 놓치지 않았다.

'조진석의 가족사?'

한 번쯤 확인해 볼 필요가 있다고 생각했다.

조진석은 희우의 이전의 삶에서도 그랬지만 이번의 삶에

서도 그림자 속에 숨어 있는 인물이었다.

노골적으로 적대감을 드러내고 있는 이상 언젠가 싸워야 할 그날을 위해 어떤 정보라도 다 찾아내야 했다.

희우가 생각에 빠져 있을 때, 천유성 대표가 소파의 앞을 가리키며 어서 앉으라는 신호를 보냈다.

희우가 맞은편에 앉자 천유성 대표가 입을 열었다.

"김희우 의원은 천하 그룹 김용준 회장이 구속될 것으로 보여?"

"네, 그렇게 생각하고 있습니다."

천유성 대표가 고개를 저었다.

"난 그렇게 생각하지 않아. 아버지가 그걸 원하고 있을까?"

천유성 대표의 말에 희우는 눈을 작게 떴다.

하지만 천유성 대표는 쉽게 대답하지 않고 찻잔을 들어 입술을 적시고 있었다. 중요한 말에 속도를 늦춰 희우의 감정을 흔들려 하는 것이다.

어느 타이밍에, 어떤 주제를 말했을 때 희우의 감정이 흔들리는지 파악할 수 있다면 앞으로 남은 싸움에서 유리한 작용을 할 게 분명하기 때문이다.

하지만 희우의 표정에 변화가 없었다.

희우의 감정을 건드는 건 실패하고 말았다.

가만히 희우의 눈을 바라보던 천유성 대표는 피식 웃었다. 그리고 말했다.

"천하민이가 김용준이를 만나고 있는 건 알지?"

"네, 알고 있습니다."

"뭘 요구하는지도 알지? 천하민이가 옆에서 계속 밀어붙이고 있는 건 김용준 회장의 계열 분리 발표야."

"……."

"이번 검찰의 조사가 너무 뜬금없지 않아? 아무리 시위대가 천하 그룹 앞에서 난리를 치고 있다지만 실제로 드러난 게 없는데 검찰이 움직인다니, 이상하잖아? 난 이 뒤에 아버지와 대통령이 있을 거라고 보고 있어."

희우가 고개를 끄덕였다.

"네, 저도 그건 예상하는 일입니다."

천유성 대표의 입꼬리가 말아 올라갔다.

"그럼 뻔하지 않아? 김용준 회장을 벼랑 끝으로 몰아 두고 선택을 종용하지 않을까? 계열 분리할래, 아니면 구속될래 하고. 김용준 회장의 그릇으로 봐선 당연히 계열 분리 쪽에 손을 들 것 같은데, 김희우 의원의 생각은 어때?"

희우가 고개를 끄덕였다.

"저도 그런 상황으로까지 흘러간다면 김용준 회장님은 뒤도 돌아보지 않고 계열 분리에 손을 들 거라고 예상됩니다. 그런데요, 그런 상황은 오지 않을 것 같습니다."

"……?"

천유성 대표의 눈이 작게 떠졌다.

희우가 천천히 말했다.

"검찰의 조사가 이뤄질 때 거래를 한다는 건 정치권 생각이죠."

천유성 대표의 눈동자에 의문이 생겼다.

"정치권의 생각이라고?"

희우가 고개를 끄덕였다.

"네, 천호령 회장님이나 대통령님은 천유성 대표님의 예상처럼 검찰에서 밀어붙인 후에 김용준 회장님과 합의를 볼 생각일 겁니다."

"그런데?"

"문제는 지금 검찰의 총장이 전석규 총장이라는 겁니다. 그리고 천하 그룹을 조사하고 있는 사람이 이민수 검사라는 거죠."

천유성 대표의 미간에 주름이 잡혔다.

"이민수?"

천유성 대표로서는 모르는 이름이었다.

희우가 살짝 미소 지으며 말했다.

"친구들끼리 사용하는 말로 표현하자면 이민수 검사는 또라이입니다."

"뭐?"

"위에서 뭐라고 하든 끝까지 갈 겁니다. 아마 천호령 회장님은 지금 모든 상황이 자기 뜻대로 이뤄지고 있다고 생각할 텐데요. 처음으로 예측에서 벗어나겠네요. 이민수 검사 때문에요. 정치적인 생각대로 중간에 거래할 수 있는 시간은 아마 없을 겁니다. 일은 시작과 동시에 끝날 테니까요."

천유성 대표는 눈을 작게 뜨고 희우를 바라봤다.

'확실히 위험해.'

그는 자신의 아버지 천호령 회장의 생각을 전혀 예상하지 못하고 있었다.

하지만 지금 앞에 있는 희우의 말을 들으면 그는 마치 천호령 회장의 생각을 알고 있는 것같이 이야기하고 있었다.

천유성 대표의 뱀눈은 희우를 머리끝에서 발끝까지 천천히 훑었다.

그는 회장 자리에 오른 후에 희우와 남은 계산을 해야 했다.

여기까지 생각을 마친 천유성 대표가 입을 열었다.

"내가 회장 자리에 오르면 우리 계산할 게 있지? 싸움이라고도 표현하는 것."

"네, 있죠."

"어떤 식으로 될까? 서로 그동안 잘못했던 걸 언론에 던지며 진흙탕 싸움을 하게 될까, 아니면 서로 합의점을 찾아 좋은 쪽으로 마무리하게 될까?"

"합의점이라면 무엇이죠?"

"그쪽이 원하는 경영을 내게 이야기하는 게 아닌가? 예를 들면 이상적인 기업이 될 수 있도록 노력해라 같은 것?"

천유성 대표의 말을 들은 희우는 빙긋이 미소 지을 뿐이었다.

그 시각.

민수는 천하 그룹으로 갈 준비를 하고 있었다.

그가 몸을 돌려 복도를 걷자 그의 뒤를 스무 명에 가까운 검사들이 쫓았다.

복도에는 저벅저벅 발소리만 들렸다.

건물 밖으로 빠져나가기 직전에 민수가 몸을 돌려 검사들을 바라봤다. 그리고 묘하게 웃으며 말했다.

"너희가 내 팀이냐? 흘흘흘."

"네!"

검사들이 한목소리로 대답하자 민수가 손을 쑥 내밀었다.

"그럼 지금부터 핸드폰 다 내놔."

"……?"

"사건이 마무리될 때까지 너희는 외부와 통화 금지다."

검사들이 난처한 표정으로 민수를 바라봤다.

한 검사가 손을 살짝 들고 물었다.

"급한 연락은 어떻게 합니까?"

민수는 묘하게 웃으며 고개를 끄덕였다.

"급한 연락이라, 내가 그 생각을 못 했네. 가족에게 전화가 올 수도 있고 또 여자 친구에게 올 수도 있잖아? 그게 아니라 다른 사건 때문에 찾는 전화일 수도 있고?"

검사들이 고개를 끄덕이자 민수가 고민스러운 표정을 지으며 계속 말했다.

"어떻게 해야 할까?"

검사들은 흐뭇하게 미소 지었다.

고집불통의 민수가 자신들의 얘기에 귀를 기울여 주고 있는 것 같으니 가지고 있는 핸드폰은 뺏기지 않아도 될 것 같았다.

그때 민수가 고민스러운 표정으로 말했다.

"그래, 급한 연락이면 편지 써서 보내. 요즘에 빠른 등기로 부치면 바로 보내 주더라."

"네?"

좋게 이어지던 말의 방향이 바뀌자 검사들이 눈을 깜빡였다.

민수의 말은 굳이 핸드폰으로 연락하지 말고 알아서 연락하라는 뜻이었다.

검사들의 표정이 어두워졌다.

반대로 그들의 표정이 어두워질수록 민수의 묘한 미소는 짙어졌다.

민수가 낮은 목소리로 말했다.

"내 눈에 핸드폰 보이면 바로 부술 테니까, 그냥 지금 반납하고 나중에 퇴근할 때 받아 가자. 그런데 퇴근이 오늘 저녁이 아닌 건 알지? 흘흘흘."

민수는 묘한 웃음을 남긴 채 몸을 돌려 로비를 벗어나 건물 밖으로 향했다.

민수의 눈빛에 평상시 같은 장난스러움은 없었다.

다름 아닌 천하 그룹의 김용준 회장을 건드는 일이다.

천하 그룹의 전문 변호인단은 웬만한 로펌보다 강하다.

변수는 그뿐만이 아니었다.

수사 과정에서 어떤 외압이 들어올지 알 수 없었다.

청와대에서 지금은 천하 그룹을 조사하라고 지시했지만 언제 말을 바꿀지 몰랐다.

핸드폰을 뺏었다고 그런 연락이 안 올 것은 아니었지만 지금의 행동은 절대 외부의 힘에 흔들리지 않겠다는 민수의 의지 표명이었다.

한편 창가에서는 검사들의 차들이 빠져나가기 시작하는 걸 전석규 총장이 물끄러미 바라보고 있었다.

그가 낮은 목소리로 입을 열었다.

"검찰이 바로 서는 첫 번째 단추가 될 거야."

몇 년 전, 조태섭의 일이 세상에 터지고 나서 검찰의 위신은 땅으로 처박혔었다.

검찰 최고의 라인이었던 김석훈의 라인이 모두 조태섭의 수하였다던 사실로 인해 세상은 충격을 받았었다.

국가 권력 기관이 조태섭이라는 이름의 단 한 사람에게 휘

둘렸다는 것에 국민의 신뢰를 잃었다.

그리고 검찰이라는 기관은 작은 바람에도 갈대처럼 흔들리는 소신 없는 집단 취급을 받았었다.

이제는 정치권에서 벗어나 조금씩 신뢰를 회복해야 할 때였다.

전석규 총장은 빠져나가고 있는 차량의 행렬을 보며 주먹을 꽉 쥐었다.

며칠 후.

천호령 회장의 서재.

책상이 있는 반대편 벽에 붙은 텔레비전에서 뉴스 속보가 흐르고 있었다.

―검찰이 김용준 천하 그룹 회장에 대한 구속영장을 청구했습니다. 검찰에 따르면 김용준 회장은 2,300억 원대 횡령과 배임……

천호령 회장의 미간이 찌푸려졌다

그는 입을 꽉 다문 채 리모컨을 들어 텔레비전의 화면을 껐다.

검찰의 행동이 생각 이상으로 빨랐다.

마치 미리 준비하고 있던 것처럼 사건을 조사해 나가 버렸다.

예상 밖의 수사 속도 때문에 천호령 회장의 입김이 닿기도 전에 천하 그룹을 상대로 구속영장 청구까지 들어가 버렸다.

천호령 회장은 자리에서 일어나 서재를 서성이기 시작했다.

지금의 일은 그가 계획하고 있던 것에서 크게 벗어나는 일이었다.

한참 동안 서재를 서성이던 천호령 회장은 작게 한숨을 내쉰 후 핸드폰을 들었다.

전화가 가는 곳은 오명성 대통령이었다.

"천호령입니다. 검찰 수사가 생각 이상으로 빠르고 간결합니다."

-미리 준비를 잔뜩 해 두고 있던 모양입니다. 이미 이렇게 일이 벌어진 상황에서 검찰을 말릴 수는 없을 것 같습니다. 애초에 계획했던 것처럼 김용준을 내리는 것으로 만족해야 할 것 같습니다.

"네, 그래야 할 것 같습니다."

-어떻게 할까요? 법원에 연락해서 영장 기각을 이야기해 볼까요?

천호령 회장이 고개를 저었다.

"아닙니다. 그렇게까지 하실 필요는 없습니다. 지금은 대통령님의 일거수일투족을 조심해야 할 때입니다. 괜히 천하 그룹의 영장 문제에 알력을 행사했다는 기사가 나기라도 한다면 재벌 봐주기냐는 말을 들을 수도 있습니다. 그럼 준비하고 있는 모든 게 일그러질 수도 있으니 조심하셔야 합니다."

−알겠습니다. 조심하겠습니다.

천호령 회장이 말을 이었다.

"다른 하나를 부탁해도 되겠습니까?"

−무엇이든 말씀하세요.

천호령 회장의 입꼬리가 차갑게 말려 올라갔다. 하지만 입에서 나오는 말투는 전혀 차갑게 들리지 않았다.

"검찰의 칼끝을 제왕 백화점으로 돌릴 수 있겠습니까?"

제왕 백화점이라니, 오명성 대통령은 자신이 잘못 들었다고 생각했는지 다시 한 번 물었다.

−네? 제왕 백화점요? 제왕 백화점은 회장님의 둘째 아들이……

천호령 회장이 고개를 끄덕이며 말했다.

"네, 제왕 백화점을 조사해 주십시오. 부탁드리겠습니다."

−어떤 생각인지 이야기해 주실 수 있습니까?

"나중에 모두 설명해 드리겠습니다. 그런데, 이것 하나는 알아 두십시오. 저는 지금 우리의 일을 위해 자식들을 고생시키고 있습니다."

수화기 너머에서 오명성 대통령의 숨소리가 잠시 흔들리는 것 같았다.

천호령 회장의 말은 '나는 이 일을 위해 가족도 버릴 각오를 하고 있다. 당신도 그럴 각오를 해야 한다.'라고 강요하고 있었기 때문이다.

수화기 너머에서 작게 한숨을 내쉬는 소리가 들렸다.

오명성 대통령은 다른 자식들은 크게 염두에 두고 있지 않았다. 하지만 그의 막내아들은 계속 마음에 걸렸다.

혹시나 어떤 일이 벌어졌을 때, 오명성 대통령 자신은 아들을 버릴 수 있을까에 대한 고민을 잠시 해 봤다.

그리고 한숨과 함께 말했다.

―무슨 말씀인지 알겠습니다. 일단 검찰에 그렇게 연락해 두겠습니다. 그럼 제왕 그룹은 제왕 화학과 제왕 백화점, 두 곳이 맞습니까?

"네, 맞습니다."

―그렇게 하죠.

오명성 대통령의 말투는 조금 떨떠름했다.

천호령 회장과 손잡았지만 무엇을 생각하고 있는지 하나도 예측하지 못하고 있으니 당연한 반응이었다.

전화를 끊은 천호령 회장이 피식 웃으며 손을 쭉 앞으로 뻗었다.

천호령 회장은 자신의 손가락 끝에 매달린 오명성 대통령의 인형을 보고 있었다.

물론 천호령 회장의 눈에만 보이는 상상일 뿐이다.

천호령 회장의 손가락이 움직일 때마다 앞뒤로 움직이는

인형을 보며 천호령 회장은 살짝 미소 지었다.

"오명성 대통령, 당신은 생각할 필요가 없어요. 알 필요도 없어요. 그냥 내가 시키는 대로 따라오면 됩니다."

그의 미소가 점점 더 짙어졌다.

오명성 대통령의 얼굴을 한 인형이 움직이자 천유성 대표의 얼굴을 가진 인형이 검찰 조사를 받기 시작한다.

천유성 대표는 검찰의 수사에서 벗어나기 위해 자신의 동생인 천하민 대표의 죄를 언론과 검찰에 알리기 시작했다.

두 형제의 싸움에 세상은 혼란스럽다.

천하 그룹 앞에서 일어나는 시위는 더욱 거세진다.

혼란의 정국이 이어지고 국민이 힘들어할 때, 오명성 대통령이 나타나 모든 걸 해결한다.

여기까지의 미래를 상상한 천호령 회장의 입가에 조용히 미소가 걸렸다.

"계획대로만 된다면 제왕 그룹의 가문은 영원할 거야. 천유성이나 천하민이나 지금은 고생하고 있지만 언젠가 지금 자신들이 하는 행동이 모두 우리 후손을 위한 거라는 걸 안다면 이해해 줄 거야."

잠시 후, 천호령 회장의 서재에 문이 열렸다.

들어온 사람은 조진석이었다.

"부르셨습니까?"

천호령 회장이 자리에서 일어서며 슬쩍 미소 지었다.

"산책이나 할까?"

천호령 회장은 뒷짐을 진 채 천천히 서재를 벗어났다.

정원으로 나온 천호령 회장이 돌담을 걸으며 조진석에게 말했다.

"천하 그룹 김용준이가 구속될 것 같은가?"

"네, 오는 길에 라디오로 들었는데 구속은 확실할 것 같습니다."

"그래. 그럼 제왕 화학에 장일현이라는 놈은 어떻게 될 것 같나?"

조진석이 천호령 회장의 뒤를 따르며 대답했다.

"아직 모르겠습니다. 검찰에서 천하 그룹을 조사하는 사이에 의혹을 많이 숨기지 않았을까 생각합니다. 국민 관심도 제왕 화확이 아니라 천하 그룹에 있었으니 숨기는 것도 수월했을 것으로 판단됩니다."

천호령 회장의 걸음이 연못 앞에서 멈췄다. 그는 양동이에 들어 있는 잉어 먹이를 연못에 뿌리며 말했다.

"제왕 화학에서 시작된 조사가 제왕 호텔 천하민이까지 올라갈까, 올라가지 않을까?"

"네?"

조진석의 눈이 순간 작게 떠졌다.

천호령 회장은 조진석의 표정 변화를 모른 척, 잉어 먹이를 연못에 다시 뿌리며 말했다.

"그렇잖아? 제왕 화학이 잘못한 일이면 천하민이까지 연관될 가능성이 크지 않아? 이번에 천하 그룹 조사하는 걸 보니까 검찰에서 꽤 많은 준비를 한 것 같던데. 천하민이가 잘 버텨 낼 수 있을지 걱정되고 있어."

조진석이 천호령 회장을 향해 살짝 고개를 숙였다.

"잘할 거라고 생각됩니다. 제왕 화학 문제가 불거지자 빠르게 대표이사를 바꾸는 등 위기 대처도 잘했습니다."

천호령 회장이 슬쩍 웃었다.

"그렇다면 다행이고."

그 시각.

희우는 천유성 대표와 마주 앉아 있었다.

그때 천유성 대표에게 조진석으로부터 전화가 걸려 왔다.

-대표님, 회장님께서······.

조진석은 천유성에게 방금 천호령 회장이 한 이야기를 그대로 전했다.

제왕 화학 문제가 불거져 제왕 호텔까지 번지지는 않을까

하는 걱정에 관한 이야기였다.

전화를 끊은 천유성 대표가 물끄러미 희우를 바라봤다.

"아버지가 호텔을 걱정한다고? 뭔가 이상해. 첫째 형님이 감옥에 갈 때도 이런 이야기를 하지 않으셨던 분이야."

희우가 차를 마신 후 말했다.

"그때도 조진석 실장에게만 이야기한 것 아닐까요?"

천유성 대표가 고개를 저었다.

"아니야. 아무리 상대가 조진석 실장이라 해도 자신의 병환을 숨기는 분이야. 가족에 관한 일이면 절대 이야기할 이유가 없어."

희우가 슬쩍 미소 지었다.

"그럼 천호령 회장님께서 지금 그 이야기를 조진석 실장에게 일부러 흘렸다는 거네요."

"……!"

"천유성 대표님 들으라고요."

천유성 대표의 얼굴이 딱딱하게 굳어졌다.

"아버지가 지금 나와 조진석 실장이 손잡은 걸 알고 있다고?"

"가족을 비밀로 하는 분이 조진석 실장에게 그런 말을 했다면 그렇지 않을까요? 그리고 또 하나."

"뭐지?"

"검찰에서 제왕 백화점을 공격할 수도 있겠습니다."

천유성 대표의 미간이 찌푸려졌다.

어게인
마이라이프
SEASON2

지금 제왕 화학에서 시작된 불길이 제왕 호텔로 번지냐 마냐를 이야기하고 있는데, 뜬금없이 제왕 백화점이 공격받을 수 있다니.

천유성 대표가 말했다.

"김희우 의원, 아무리 그래도 아버지와 나는 부자지간이야. 이유가 있다면 모를까, 검찰까지 끌어들여 가만히 있는 제왕 백화점을 공격할 일은 없어."

어이없는 표정의 천유성 대표를 보며 희우가 슬쩍 미소 지었다.

"상대는 천호령 회장님이십니다. 충분히 가능한 일이에요."

천유성 대표가 고개를 저었다.

"무슨 말을 하는지 알 수가 없군. 백화점이 조사받을 일은 전혀 없어."

그가 단호하게 말했다.

하지만 희우는 빙긋이 미소 지을 뿐이었다.

천호령 회장은 세상이 시끄러워지기를 바라는 사람이다.

천하 그룹의 김용준 회장이 구속된다 해도 일시적으로 시끄러울 뿐, 언제 그랬냐는 듯 잠잠해진다.

비가 거세게 온 다음 날이 조용하듯 천하 그룹 때문에 들끓었던 세상은 김용준 회장이 구속되며 금방 침착하게 변할 것이었다.

그래서 천호령 회장은 김용준 회장이 구속되어 빠른 마무리가 되기보다는 계열 분리를 통한 형제지간의 추악한 싸움이 지속하기를 바라고 있었다.

하지만 검찰의 빠른 조사 때문에 그 방법은 실패했다.

그럼 남은 것은 천유성, 천하민 두 형제의 싸움이다.

희우는 천호령 회장의 그런 생각이 빤히 보였다.

여기까지 생각한 희우는 슬쩍 천유성 대표를 바라봤다.

천유성 대표는 태어날 때부터 재벌이었다.

추측하건대 가지고 싶은 것은 모두 손에 쥐었을 것이다.

먹고 싶은 모든 것을 먹어 봤을 거다.

가고 싶은 여행지라면 나라를 불문하고 언제든 훌쩍 떠나는 게 가능한 사람이다.

하지만 전혀 부럽지 않았다.

희우의 부모님은 희우가 잘되기만을 바란다.

하지만 천유성 대표의 부모인 천호령 회장은 달랐다.

천호령 회장은 자신을 위해 자식을 이용하고 있었다.

생각을 마친 희우가 찻잔을 들며 물었다.

"검찰에 제왕 화학의 자료를 보낼 건가요?"

천유성이 고개를 끄덕였다.

"그래야지. 아버지 말씀대로 제왕 화학으로 시작된 불길이 치솟아 올라야 하지 않겠어? 화학 공장에서 불이 나면 막기 힘든 법이야."

희우가 찻잔을 내려 두며 말했다.

"천호령 회장님이 대통령을 도와 어떤 걸 목표로 하고 계신 줄은 알고 있죠?"

천유성 대표가 고개를 끄덕이자 희우가 계속 말을 이었다.

"그럼 세상이 어지러워지고 혼탁해지고 시끄러워지기를 바라고 계시지 않을까요?"

"······!"

희우가 시선을 들어 천유성 대표를 바라봤다. 그리고 계속 말했다.

"천호령 회장님은 왜 천하 그룹의 계열 분리를 간절히 원하고 계실까요?"

천유성 대표가 입을 열었다.

"국가에 영향력을 끼칠 수 있는 최고의 그룹이 되기 위해서? 기술력이나 노력 등으로 상대를 이기는 것은 복잡하고 어렵다고 생각하시는 분이야. 상대를 이기는 가장 좋은 방법은 상대가 약해지게 하는 거라고 생각하시거든."

희우가 슬쩍 웃었다.

"네, 그리고 또 어떤 이유가 있을까요? 한 가지 이유로 움직일 분은 아니잖아요."

천유성이 한숨을 내쉬었다.

"김용준, 김자혁 그리고 자네가 치고받고 싸우기를 원하시겠지. 자신의 계획을 위해선 세상이 혼란스러워야 하니까. 사람들의 마음속이 불평불만으로 가득 차야 하니까."

희우가 고개를 끄덕이며 말했다.

"그러니까 제왕 백화점도 혹시 모를 검찰 조사를 준비하고 계십시오."

"……!"

"김용준 회장의 구속 수사가 결정된 이상, 국민의 불만을 키울 대상은 더 이상 천하 그룹이 아닙니다. 이제 제왕 그룹의 두 아드님이 치고받고 싸우며 국민의 불만을 키우게 될 겁니다."

희우의 말에 천유성은 입을 꽉 다물었다. 그리고 잠시 후, 고개를 저으며 헛웃음을 터뜨렸다.

"설마."

하지만 희우는 웃지 않았다.

"원래 설마가 사람 잡는 법입니다. 뭐, 제 예상이 틀렸을 수도 있습니다. 하지만 제왕 호텔의 조사 과정에서 천하민 대표가 천유성 대표님을 걸고넘어질 수도 있으니 방비는 해 두는 게 좋을 겁니다."

천유성 대표가 고개를 끄덕였다. 하지만 그의 표정은 어딘지 모르게 떨떠름해 보였다.

"그럴 수도 있겠어. 일단 방비는 해 둬야지."

희우는 슬쩍 미소 지을 뿐이었다.

천호령 회장은 이들의 싸움이 오래 이어 가기를 바라고 있었지만, 희우는 하루라도 빨리 끝냈으면 하는 바람이었다.

가만히 뭔가 생각에 빠졌던 천유성 대표가 희우를 보며 물

어게인
마이라이프
SEASON2

었다.

"자네라면 알 수도 있겠군. 혹시 우리 아버지의 계획이 도대체 무엇인지 예상할 수 있겠나? 자식들에게 싸움을 시키면서까지 무엇을 원하는 거지?"

희우가 고개를 저었다.

"아뇨. 거기까지는 저도 모르겠습니다."

잠시 생각하던 천유성 대표는 고개를 갸웃거렸다.

희우는 힐끔 천유성 대표를 바라봤다

천유성 대표의 표정은 자신의 아버지가 아들들을 상대로 싸움을 시키는 것을 안타까워 하거나 슬퍼하는 게 아니었다.

그저 적으로서 상대의 의도를 파악하기 위해 고민하는 것처럼 느껴졌다.

그날 밤.

천호령 회장의 서재로 천하민 대표가 들어왔다.

"부르셨습니까?"

천호령 회장이 천하민 대표를 보며 말했다.

"이제 제왕 화학이 조사받는 거지?"

천하민 대표가 고개를 끄덕였다.

"네, 걱정하실 필요는 없습니다. 관련 자료는 모두 전 대표였던 장일현이 안고 가는 것으로 결정되어 있습니다."

천호령 회장이 힐끗 천하민 대표를 노려봤다. 그리고 물었다.

"결정되어 있다니, 뭐가?"

"……?"

"검찰이랑 이야기가 다 된 건가?"

시선을 둘 곳 없어 하는 천하민 대표를 보며 천호령 회장이 쯧, 혀를 찼다. 그리고 말했다.

"한 번의 실수가 나락으로 빠질 수 있다는 걸 아직도 모르나? 너를 끌어내리고 싶어 하는 사람이 세상에 얼마나 많은지 보이지 않는가? 긍정적으로 산다는 건 거지나 가능한 거야. 오늘 배고프니까 내일은 굶어 죽기밖에 더하겠냐는 무모한 긍정. 그걸 네가 왜 하고 있어?"

천하민 대표가 꿀꺽 침을 삼켰다.

천호령 회장이 말했다.

"천유성이가 제왕 화학에서 시작될 불길에 부채질을 할 거야. 불이 어디로 번지기를 바라는진 알고 있겠지?"

"……."

"첫째도 없고 이번에 너까지 구속된다면 천유성이는 경쟁자 없이 이 서재에 앉게 되겠지."

천호령 회장은 뒤에 있는 의자를 손으로 꽉 잡으며 말을 이었다.

"내가 항상 말하잖아. 세상은 먼저 쥐는 거야."

"알겠습니다."

천하민은 고개를 끄덕이는 수밖에 없었다.

천호령 회장이 의자에 앉으며 다시 말했다.

"당할 것 같으면 먼저 공격해."

천하민이 고개를 끄덕였다.

잠시 후, 천하민이 떠난 서재.

천호령 회장은 홀로 의자에 앉아 있었다.

방금 전까지 천호령 회장의 목소리가 울리던 그곳에 남은 건 이제 적막뿐이었다.

그 적막을 깬 건 천호령 회장의 한숨이었다.

노인의 체력은 이제 한계에 다다르고 있었다.

젊은 시절처럼 열정을 가지고 움직였다가는 몸이 금세 지쳐 버리고 만다.

천호령 회장은 자신의 주름진 손을 물끄러미 바라봤다.

손을 쥐었다가 펴 보며 피식 웃었다.

'주름이 이렇게 간 손으로 무얼 쥐고 싶어서 안간힘을 쓰고 있을까?'

천호령 회장이 시선을 들어 서재의 천장을 바라봤다.

'조금만 더. 조금만 더 버티면 되는 거야. 그럼 나의 승리야.'

천호령 회장의 입가에 희미한 미소가 걸렸다.

다음 날.

상만은 승합차를 운전하고 있었다. 그의 표정은 몹시 좋지 않았다.

운전대를 꽉 잡은 상만이 낮은 목소리로 중얼거렸다.

"나는 왜 주말에 운전하고 있어야 할까. 나는 왜 하필이면 주말에 운전기사가 되어 핸들이나 잡고 있어야 할까."

그의 중얼거림에 옆에 앉아 있던 김지임이 고개를 돌렸다.

"어? 뭐라고 하셨어요? 죄송해요. 못 들었어요."

상만이 활짝 웃었다.

"아녜요. 하하, 오늘 날씨 좋네요."

상만의 시선은 힐끗 백미러로 향했다.

뒷좌석에는 희우를 비롯해 서도웅과 연석 그리고 한지현까지 앉아 있었다.

이들은 일전에 희우가 갑질을 했던 노인 복지시설에 가는 중이었다.

갑질이라 해도 기업들을 압박해 위기에 빠졌던 노익 복지시설에 도움을 줬던 것뿐이니 나쁜 것은 아니었다.

그곳에 가는 이유는 한지현이 봉사하고 싶다는 말을 하기도 했고, 희우 개인적으로도 복지시설에 볼일이 있기 때문이다.

힐끗 백미러를 보던 상만이 한숨을 내쉬었다.

이 자리에 딱 김지임과 둘만 있었으면 하는 바람이 강하게 들고 있었다.

잠시 후, 그들은 복지시설에 도착했다.

희우의 갑질 사건 이후, 복지시설은 언론으로부터 주목을 받았다.

그리고 많은 기업과 단체의 후원을 받아 인근 지역으로 이사를 오게 되었다.

물론 이사를 왔다고 해서 호화스러운 시설은 아니었다.

그때와 비슷하게 산책 코스 하나 제대로 마련되지 않은 낙후된 시설을 유지되고 있었다.

희우가 차에서 내리자 원장이 달려와 고개를 숙였다.

"아이고, 먼 길 오셨습니다."

원장이 반기는 모습은 단순히 희우가 국회의원이기 때문은 아니었다.

복지시설이 이사를 올 수 있도록 결정적인 도움을 준 희우가 진심으로 감사했기 때문이다.

희우는 원장을 보며 살짝 미소 지은 후 고개를 숙였다.

"항상 고생이 많으십니다. 오늘 이 친구들이 모두 봉사하러 왔으니까 숨겨 뒀던 궂은일 있으면 모두 꺼내 주십시오."

"하하, 그렇게 하겠습니다."

희우는 시설을 둘러봤다.

사람들은 이런 시설에 봉사 활동을 오게 되면 텔레비전에서 보던 것처럼 노인과 대화 또는 함께 밥을 먹는 등의 일을 떠올리지만, 사실 노인과 그런 일은 급한 게 아니었다.

항상 사람이 모자랐기에 청소와 빨래 등이 급했다.

잠시 후, 희우와 연석을 제외한 일행은 원장의 지시에 따라 각자 청소 및 빨래 등을 맡게 되었다.

모든 사람들이 열심히 일하고 있을 때, 희우는 연석과 함께 한 방 앞에 서 있었다.

희우가 연석에게 물었다.

"저분이라고?"

"네."

연석의 대답에 희우는 고개를 돌려 시선을 방으로 향했다.

방에는 창가 옆에 침대 하나만 있었다.

침대에는 세상을 떠날 날만을 기다리는 것 같은 노인이 보였다.

그 노인은 도시 상어 조진석의 아버지이기도 했다.

희우가 물끄러미 노인을 바라봤다.

체구나 모습에서 조진석과 닮은 점은 찾아볼 수 없었다.

조진석은 당당했지만, 허리를 굽히고 멍하니 있는 노인은 너무나도 약해 보였기 때문이다.

희우의 옆으로 담당 복지사가 다가왔다.

그리고 예전에 연석에게 했던 말을 희우에게 똑같이 전해 줬다.

"제가 이곳에서 일하면서 누가 찾아오는 건 한 번도 본 적이 없어요. 그리고 말씀도 거의 없으셔서 어떻게 살아오신 건지 아무도 몰라요. 아침에 일어나서 저녁까지 멍하니 계시는 게 전부니까요."

희우는 가볍게 고개를 끄덕인 후 시선을 돌려 복지사를 바라봤다. 그리고 말했다.

"실례가 되지 않는다면 제가 가서 이야기해 봐도 될까요?"

"대답 안 하실 텐데요. 그리고 의원님이 위험할 수도 있고요. 정신이 온전치 않으시거든요."

희우가 어깨를 으쓱해 보였다.

"위험한 건 괜찮습니다."

복지사가 손목을 들어 시간을 확인하더니 물었다.

"네, 그러면 5분 안으로 괜찮을까요?"

"네, 감사합니다."

희우는 복지사에게 5분이라는 시간을 허락받고 방으로 들어섰다.

희우가 들어오는 소리에 창밖만 바라보던 노인이 고개를 돌려 희우를 물끄러미 바라봤다.

노인의 얼굴은 말랐다.

뼈에 가죽만 남아 있는 것 같았다.

피부에 생긴 검버섯과 푹 파인 주름도 보였다.

그의 모습을 보고 있으면 지금 당장 세상을 떠나도 이상하게 느껴지지 않을 것 같았다.

희우가 노인을 향해 살짝 고개 숙였다.

"안녕하세요?"

노인에게 대답은 없었다.

정신이 온전치 못하다고 하더니 노인의 눈동자는 정상과는 거리가 멀어 보였다.

물끄러미 희우를 보던 노인은 이내 흥미가 없어졌다는 듯 시선을 돌렸다.

희우가 창밖을 보며 말했다.

"아드님 보고 싶지 않나요?"

노인은 대답하지 않았다.

여전히 창밖을 통해 운동장만 보고 있을 뿐이었다.

희우가 입을 열었다.

"조진석이 아드님 맞죠?"

노인의 시선이 천천히 움직였다.

그리고 희우를 또렷이 바라봤다.

방금 보였던 그 눈빛이 아니었다.

정상인의 그 눈이다.

그의 입에서 쌔액쌔액 숨을 몰아쉬는 소리가 들려왔다.

그리고 노인의 입이 천천히 열렸다.

"너, 누구야? 형사야?"

가래 끓는 목소리였다.

노인의 목소리에 문밖에 서 있던 복지사도 놀란 것 같았다.

희우가 물었다.

"안녕하세요? 전 국회의원 김희우라고 합니다."

희우가 말을 하고 있을 때, 노인이 시선을 올려 희우와 눈을 마주쳤다. 그리고 쩍쩍 갈라진 입술을 떼며 겨우 입을 열었다.

"제가 죄인입니다. 그러니 아들에 관한 이야기는 묻지도, 하지도 말아 주셨으면 좋겠습니다."

"······."

"살날이 얼마 남지 않은 노인에 대한 동정이라 해도 감사하니, 아들에 대한 말은 그만해 주셨으면 합니다."

노인은 부탁한다는 듯 힘없는 고개를 몇 번이나 숙였다. 그의 표정은 무척 슬퍼 보였다. 툭 건들면 메마른 눈동자에서 금방이라도 눈물이 흐를 것만 같았다.

희우는 노인을 통해 조진석에 관한 작은 정보라도 얻으려 했다.

하지만 욕심을 부리고 싶지는 않았다.

희우는 노인을 향해 고개를 숙이며 말했다.

"죄송합니다. 그럼 편히 쉬십시오."

희우가 몸을 돌릴 때, 등 뒤에서 노인의 갈라지는 목소리가 들렸다.

"의원 나리."

희우가 다시 몸을 돌려 노인을 향하자 노인이 말을 이었다.

"혹시나 내 아들놈을 만나게 된다면 미안하다고 좀 전해 주세요."

노인의 가죽만 남은 주름진 손이 희우의 손에 닿았다.

희우가 고개를 끄덕였다.

"알겠습니다. 꼭 전하겠습니다."

"고맙습니다."

노인의 입가에 힘없는 미소가 걸렸다.

잠시 후, 희우가 방 밖으로 빠져나오자 복지사가 작게 말했다.

"저는 저분이 저렇게 길게 말씀하시는 거 처음 들어 봐요."

희우는 복지사에게 살짝 미소 지으며 고개를 숙였다.

"대화를 나눌 시간을 허락해 주셔서 감사합니다."

"아녜요. 전 김희우 의원님 팬이에요. 항상 좋은 국회의원으로 남아 주세요. 파이팅이에요."

희우는 어색하게 웃었고 복지사는 그 말을 끝으로 자리를 피했다.

희우가 슬쩍 연석을 본 후 물었다.

"저번에 윤수련 검사님이랑 왔을 때는 어땠어?"

"그때 말씀드린 게 전부예요. 지금과 똑같이 저렇게 계셨어요."

어게인
마이라이프
SEASON2

희우는 작게 한숨을 쉬며 다시 노인을 바라봤다.

조진석에 관한 것은 지금도 그렇지만, 희우가 살았던 이전의 삶에서도 많은 부분이 숨겨져 있었다.

조진석과 접점이 점점 다가오는 시점에 노인을 통해 작은 정보라도 얻을 수 있을까 생각했는데, 이만 포기해야 할 것 같았다.

희우는 연석과 함께 밖으로 나왔다.

앞에서는 서도웅이 큼직한 쓰레기봉투를 들고 나르고 있었다.

서도웅이 불만으로 가득한 표정으로 희우를 보며 중얼거렸다.

"전 다시는 커플이 있는 자리에 안 낄 거예요."

"응? 무슨 소리야?"

희우의 질문에 서도웅은 휙 고개를 돌려 희우의 시선을 피했다. 그리고 중얼거렸다.

"연석이 너도 요즘에 연애하지? 너도 미워!"

연석이 눈을 깜빡였다.

"저요? 제가 연애를요?"

서도웅은 연석이 윤수련 검사와 어떤 관계에 있다고 추측하는 중이었다.

연석이 고개를 갸웃거리자 희우가 피식 웃으며 말했다.

"연석이는 가서 도웅이나 좀 도와줘. 나도 저쪽으로 가서 빨래나 널 테니까."

"넵."

연석이 떠나고 희우는 빨래하는 곳으로 걸어갔다. 그리고
서도웅이 화낸 이유를 확인할 수 있는 현장에 도착했다.

김지임 비서와 상만이 붉은 대야를 두고 CF의 한 장면처
럼 놀고 있었다.

김지임 비서는 등을 돌리고 있었기에 희우가 온 줄 몰랐지
만, 상만은 그녀의 등 너머를 보다가 희우와 눈을 마주쳤다.

희우가 슬쩍 웃으며 눈으로 말했다.

'둘이 놀아. 내가 여기 있으면 분위기 망치겠다.'

상만이 능글맞게 웃으며 희우를 향해 엄지손가락을 척 들
어 올렸다.

'감사합니다, 사장님. 저 꼭 장가갈게요!'

저녁노을이 서산에 걸렸다.

희우와 일행도 마지막까지 봉사를 마치고 집으로 갈 준비
를 하고 있었다.

한지현이 운동장 한편에 있는 등나무에 앉아 서산으로 기
우는 노을을 바라봤다.

희우가 그녀의 옆에 앉았다.

"처음 봉사 온 거죠? 어때요?"

"좋네요. 조금이나마 제 죄를 씻을 수 있는 것 같아요."

희우가 입가에 미소를 그렸다.

노을을 바라보던 한지현이 고개를 돌려 희우에게 향했다.

희우의 얼굴은 노을 때문에 붉게 보이고 있었다.

한지현이 물었다.

"김희우 의원님은 언제까지 싸울 건가요?"

"네? 언제까지라뇨?"

"조태섭과 싸웠고 지금은 천호령 회장과 싸우잖아요. 그 다음은?"

희우가 고개를 저었다.

"글쎄요, 적어도 제 딸이 보기에 부끄럽지 않은 대한민국이 되었을 때? 그때 그만두지 않을까요? 오만한 생각인지 모르겠지만 지금 천호령 회장이나 이런 상황을 만든 건 다 제 탓이라고 여겨지거든요."

조태섭이 내려간 후, 조금만 더 신경을 썼더라면 천호령 회장 같은 이상한 생각을 하는 사람은 존재하지 않았을지도 모른다.

하지만 희우는 조태섭 하나를 꺾었다는 것으로 모든 문제가 해결되었다고 생각했었다.

두 사람이 두런두런 이야기를 나누고 있을 때, 상만이 손을 흔들었다.

"다 탔어요. 어서 오세요. 이제 가요."

희우가 엉덩이를 털며 벤치에서 일어섰다. 그리고 한지현을 보며 말했다.

"가죠."

한지현이 희우를 향해 살짝 웃으며 입을 열었다.

"네, 오늘 같이 와 주셔서 정말 감사해요."

희우가 어깨를 으쓱했다.

"아뇨, 저도 겸사겸사 와서 좋았습니다."

두 사람은 운동장을 가로질러 건물의 앞에 도착했다.

그렇게 희우가 차량에 올라타려 할 때, 복지사가 달려왔다.

"저, 저기! 김희우 의원님!"

복지사의 다급한 목소리에 희우가 고개를 돌렸다.

"무슨 일이시죠?"

복지사가 더듬더듬 입을 열었다.

"저기 그, 그러니까 그 아드님에게 연락할 수 있나요?"

"네? 누구요?"

"아까 그 김희우 의원님이랑 얘기를 나눈 노인분의 아드님요. 알고 계신 것 아니었어요?"

복지사의 목소리를 듣고 있으면 뭔가 좋지 않은 일이 벌어진 것 같았다. 희우가 작은 목소리로 물었다.

"왜 그러시죠?"

"지금 돌아가셨어요."

"……!"

"연고가 없다면 모를까, 연락할 수 있는데 알리지 않는 건 좀 그래서요."

잠시 후, 상만은 일행과 함께 먼저 떠났다.

희우는 방금 노인이 있던 방으로 들어갔다.

방에는 잠을 자듯 누워 있는 노인이 있었다.

그 앞에 선 희우는 물끄러미 노인을 바라봤다.

방금만 해도 이야기를 나눴던 노인이다.

하지만 그는 한순간에 세상을 떠났다.

세상의 삶과 죽음은 그런 거다.

간다는 말도, 온다는 말도 제대로 하고 떠나는 사람은 많지 않다.

희우의 입에서 작게 한숨이 흘렀다.

이곳에선 안타까워하는 사람은 있어도 슬퍼하는 사람은 보이지 않았다.

세상을 떠난 노인이 다른 사람과 깊은 관계를 맺지 않았다는 이유도 있지만 이곳이 노인 복지시설이라는 이유가 컸다.

하루가 멀다고 한 명씩 세상을 뜨는 이곳에서 누군가의 죽음을 슬퍼한다는 건 정말 비극이니까.

노인을 물끄러미 바라보던 희우는 몸을 돌려 방 밖으로 나갔다. 그리고 복도의 벽에 등을 기대고 섰다.

희우의 손에는 핸드폰이 들려 있었다.

핸드폰의 화면엔 조진석의 이름이 보였다.

희우는 통화 버튼을 만지작거렸다.

전화를 거는 건 어려운 일은 아니었다.

하지만 조진석에게 뭐라 이야기해야 할지 난감했다.

조진석에게 '당신의 뒷조사를 위해 이곳에 왔다가 당신 아버지의 죽음을 알게 되었소.'라고 당당히 이야기할 수 있을까?

어려운 일이었다.

가만히 핸드폰을 보고 있던 희우는 통화 버튼을 눌렀다.

"김희우입니다."

-무슨 일이죠?

조진석의 메마른 음성이 들려왔다.

희우는 한숨을 내쉬었다.

희우가 아무 말도 하지 않자 다시 조진석의 목소리가 흘러나왔다.

-김희우 의원님, 무슨 일이죠?

희우가 천천히 입을 열었다.

"여긴 노인 복지시설입니다."

-네? 어디요? 노인 복지시설요?

뜬금없이 주소를 말하자 조진석은 황당한 모양이었다.

희우가 계속 말했다.

"지금 조진석 씨 아버지께서 방금 돌아가셨습니다."

—…….

수화기 너머로 한숨 소리가 흘러나왔다.

희우는 등나무에 앉아 있었다.

하늘은 어둑해졌다.

정문으로 자동차의 라이트가 보였다.

차량은 건물까지 들어가지 않고 희우가 앉아 있는 등나무 앞에 멈춰 섰다.

차가 멈추며 운동장에 흙먼지가 일어났다.

차에서 내린 사람은 조진석이었다.

그가 희우의 앞으로 다가왔다.

희우는 자리에 앉은 채 일어서지 않고 시선만 올려 조진석을 바라봤다.

조진석은 담배를 꺼내 입에 물었다. 그리고 라이터를 켰다.

틱, 틱. 불이 잘 붙지 않는 모양이다.

그렇게 몇 번을 시도한 끝에 그는 담배에 불을 붙였다.

그의 입에서 한숨 대신 담배 연기가 흘러나왔다.

그제야 조진석의 시선이 희우에게 향했다.

"김희우 의원, 왜 여기 있는 거죠?"

희우가 슬쩍 웃었다.

"그걸 묻기 전에 아버지한테 먼저 가 봐야 하는 거 아닙니까?"

"김희우 의원이 연락해 주지 않았다면 오래전에 죽은 줄로만 알고 있었을 겁니다. 굳이 지금 갈 이유는 찾지 못하고 있습니다."

"찾을 생각은 안 하셨었나요?"

조진석이 피식 웃었다.

그의 눈은 '내가 왜 찾아?'라고 말하는 것 같았다.

조진석이 담배 연기를 입으로 내뱉으며 희우에게 말했다.

"다시 물어봐야 하나요? 왜 여기 있었죠?"

"조진석 실장을 뒷조사하고 싶었습니다."

솔직히 말하기로 했다.

지금 이 상황에 다른 말로 속이려 하는 게 더 우스웠다.

희우가 계속 말했다.

"앞으로 싸워야 할지 모르는 상대인데 사전 조사는 당연하잖아요."

"나온 건 있습니까?"

"아뇨, 없네요."

조진석은 쓴웃음을 지으며 담배의 마지막 연기를 내뱉었다. 그리고 희우를 보며 말했다.

"잠깐 들어갔다 올 테니, 여기서 기다려 주십시오."

같이 들어가자는 말은 하지 않았다.

아무리 등지고 살았어도 부모다.

언젠가 적으로 만날 희우에게 슬퍼하는 모습은 보여 주고 싶지 않기 때문이다.

조진석은 몸을 돌려 건물을 향해 걸어갔다.

Chapter 4

　잠시 후, 조진석이 다시 희우의 앞에 섰다.

　등나무 의자에 앉아 있던 희우는 슬쩍 시선을 들어 조진석의 얼굴을 확인했다.

　아버지의 마지막을 확인한 조진석의 눈시울은 붉어져 있었다.

　조진석은 주머니에서 담배를 꺼내 입에 물었다.

　뿌연 담배 연기가 그의 입을 통해 흘러나왔다.

　희우는 그런 조진석을 물끄러미 바라볼 뿐이었다.

　조진석의 입에서 흐르는 담배 연기는 후회가 가득 들어 있는 한숨처럼 느껴지고 있었다.

　그의 입에 물린 담배의 길이가 점점 짧아졌다.

조진석은 등나무 한편에 마련된 재떨이에 담배를 비벼 껐다.

그가 아버지에게 가졌던 후회마저 그대로 비벼지는 것 같았다.

조진석의 시선이 그제야 희우에게 향했다.

그는 낮은 목소리로 입을 열었다.

"감사합니다."

말을 마친 조진석은 정중한 자세로 희우에게 고개를 숙였다.

희우가 고개를 저었다. 감사 인사를 받기 위해 한 일은 아니었다.

허리를 편 조진석이 희우의 옆에 앉으며 말했다.

"아버지와 나, 서로 등지고 살아왔던 인생입니다. 난 아버지가 싫었고, 아버지 역시 그렇게 생각한다고 여겼으니까요."

조진석의 입에서 옛이야기가 짧게 이어졌다.

"내 과거가 궁금해서 여기까지 찾아왔다고 했죠? 내 아버진 삼류 깡패였습니다. 난 그런 아버지가 싫었죠. 나이 들어서도 양아치처럼 돌아다니고 무시당하고 떳떳하지 못한 인생. 쓰레기라고 생각했어요."

"……."

"그런데 피는 진한가 봅니다. 내가 이런 꼬라지가 되었으니까요. 그렇게 싫었던 깡패의 모습으로 살고 있으니까요."

조진석은 다시 담배를 입에 물었다. 칙! 라이터 켜지는 소리가 들렸다.

조진석이 담배 연기를 뿜으며 말을 이었다.

"내가 천호령 회장님을 처음 만났을 때, 아버지가 찾아와 내 다리를 잡고 펑펑 울었습니다. 제발 정상적으로 살아라. 평범하게 살아라. 사람답게 살아라. 평생을 삼류 깡패로 살아왔던 노인네가 자신의 아들이 이쪽 세계로 들어가는 건 싫었나 봅니다."

"……."

"그땐 아버지의 머리가 이미 허옇게 변했을 때입니다. 아버지의 힘으론 저를 말릴 수 없었죠. 아버진 늙고 나서야 인생을 후회하던 겁니다. 그런데 어떡합니까? 난 이미 이 세계에 왔고, 아버지와 등을 지게 되었죠."

조진석이 자리에서 일어섰다. 그리고 희우를 보며 말을 이었다.

"후회하지는 않습니다. 아버지는 삼류였지만 난 일류가 되었으니까요. 뭐, 김희우 의원님이라면 '깡패에 삼류나 일류는 없다. 다 똑같은 깡패다.'라고 생각하겠죠?"

희우는 가볍게 한숨을 내쉬며 자리에서 일어섰다.

그리고 조진석을 향해 가볍게 고개를 숙이며 말했다.

"삼가 고인의 명복을 빌겠습니다."

"……."

"제가 본 조진석 실장님 아버지의 모습은 끝까지 아들을 걱정하셨습니다."

"······!"

"제가 조진석 실장님에 대해 물어봤을 때 아버지께선 간절한 목소리로 모두 자기 탓이라고, 당신이 죄인이라고 말씀하셨습니다."

조진석의 미간을 일그러지고 있었다.

희우가 말을 이었다.

"그리고 제게 부탁하신 것이 있었습니다. 혹시나 조진석 실장을 만나게 되면 미안하다고 좀 전해 달라 하셨습니다."

조진석의 입에서 낮은 한숨이 흘렀다.

그는 희우의 눈길을 피해 몸을 돌렸다.

희우는 가만히 조진석의 등을 바라봤다.

조진석의 목소리가 들려왔다.

잔뜩 설움을 참는 목소리다.

"빚을 진 것 같습니다. 나중에 빚 청산은 꼭 하도록 하죠. 남에게 빚지고 사는 성격은 아니라······."

희우가 슬쩍 미소 지었다.

"그럼 나중에 조진석 실장님이 부담되지 않는 선에서 부탁할 게 있으면 하도록 하죠. 그럼, 고생하십시오."

희우는 조진석의 등을 향해 가볍게 고개를 숙였다. 그리고 몸을 돌려 자리를 벗어났다.

희우의 발소리가 멀어지자 조진석이 몸을 돌렸다.

그리고 멀리 떠나는 희우의 모습을 물끄러미 바라보고 있었다.

하지만 잠시였다.

그는 다시 몸을 돌려 자신의 아버지가 있는 곳으로 향했다.

며칠 후.

천호령 회장은 서재에 앉아 차를 마시고 있었다.

그의 앞에 보이는 텔레비전에선 검찰이 제왕 화학에 대한 압박을 강하게 시작했다는 소식을 전하고 있었다.

천하 그룹 김용준 회장의 구속 이후 재벌에 대한 공격을 본격화한 것이다.

세상은 혼란스러웠다.

시민 단체는 천하 그룹과 제왕 화학 앞에서 시위하고 있었고, 다른 기업들은 숨을 죽인 채 몸을 사리고 있었다.

기업들이 몸을 사리고 있는 이유는 당장은 검찰이 건들고 있는 것이 제왕 화학과 천하 그룹이 전부였지만 그 칼날이 언제 자신들의 목으로 향하게 될지 몰랐기 때문이다.

이 모든 것은 천호령 회장이 원하던 것이다.

점점 더 검찰의 힘이 무소불위처럼 강해져 기업들이 숨 쉬기도 힘든 지경이 오게 되는 것.

그래서 기업들의 불만이 폭발 직전까지 쌓이는 것.

차를 마신 후 찻잔을 내려놓은 천호령 회장의 입가에 미소가 걸렸다.

천호령 회장은 시간을 기다리고 있었다. 세상의 모든 곳에서 불만이 쌓여 폭발할 그 시간을 기다렸다.

그 시각.

제왕 화학 앞으로 검찰의 차량이 멈춰 섰다.

차량에서 검찰들이 내리며 주변에 있던 기자들의 플래시가 터져 올랐다.

검사들은 굳은 표정으로 제왕 화학 로비로 들어섰다.

가장 앞서 걷고 있는 건 민수였다.

부스스한 그의 모습이 카메라에 가장 크게 잡히고 있었다.

"제왕 화학 전임 대표인 장일현 씨에 관한 입증할 혐의를 찾으셨습니까?"

"한 말씀만 해 주십시오!"

민수는 대답 없이 로비를 지나갈 뿐이었다.

그리고 잠시 후.

민수는 제왕 화학 대표이사실에 앉아 있었다.

민수의 앞에는 상만이 서류철 하나를 들고 걸어오는 중이었다.

서로 얼굴은 알고 있었다. 하지만 살갑게 인사할 사이는 아니었다.

상만이 능글맞게 웃으며 자료를 들고 와 민수에게 건넸다.

"바쁘신데 도움 되시라고 준비해 뒀습니다."

민수는 상만에게 파일철을 건네받아 펼쳐 봤다.

제왕 백화점 천유성 대표가 만들어 준 자료였는데, 장일현의 비리로 가득했다.

상만이 입을 열었다.

"그 자료를 통한다면 제왕 호텔 천하민까지 끌어 잡을 가능성이 있다고 들었어요."

민수가 묘하게 웃으며 고개를 끄덕였다.

"희우에게 들었어요. 이 자료를 천유성이가 만들어 준 거라고요?"

"네, 맞아요. 그리고 김희우 의원이 이 말을 전해 달라고 했어요. 김석훈 의원이 장일현이 조금 더 필요하다는 말을 했다네요. 그런데 그 판단은 이민수 검사님이 하시면 된다고 했습니다."

민수는 눈을 찌푸리며 부스스한 머리를 긁적였다.

잠시 뭔가를 생각하던 민수가 상만에게 물었다

"그걸 왜 박상만 사장을 통해서 말하죠?"

"글쎄요. 지금은 이민수 검사님과 연락하기가 어려워서 그런 거 아닐까요?"

상만은 그렇게 말하며 자신의 핸드폰을 테이블에 내려 두고 민수의 앞으로 밀었다.

희우에게 전화해 보라는 것이었다.

민수의 얼굴이 세간에 알려지기 시작했다. 그 덕에 많은 시선이 민수를 주목하고 있었다.

그동안 희우와 민수는 몰래 만나 왔었다. 하지만 민수가 천하 그룹 김용준 회장을 잡아넣으면서부터는 연락조차 하기 어려워졌다.

혹시 모를 꼬투리라도 남겨서는 안 되기 때문이다.

민수가 묘하게 웃으며 상만의 핸드폰을 손에 들었다.

전화는 당연히 희우에게 향하고 있었다.

"바빠?"

상만의 번호였지만 희우는 민수의 목소리를 바로 알아들었다.

ㅡ아뇨, 말씀하세요.

"내가 지금 제왕 화학 대표이사실에 있거든? 김석훈이 장일현을 더 데리고 있었으면 한다는 말이 뭐야? 내가 김석훈 싫어한다는 거 알잖아? 나한테 판단하라는 건 김석훈이 싫어하도록 장일현을 바로잡으라는 뜻이나 마찬가지인 거지?"

ㅡ저도 김석훈의 생각을 모르겠습니다. 그래서 민수 선배에게 대신 판단해 달라고 말씀드린 거예요.

민수가 눈을 찌푸렸다.

희우가 이런 식으로 애매하게 표현한 적은 없기 때문이다.

잠시 생각하던 민수가 물었다.

"그러니까, 김석훈의 말은 장일현이에 대한 수사를 조금

늦춰 달라는 거지?"

―네, 그렇습니다.

민수는 다시 생각에 빠졌다. 그리고 손에 들고 있는 자료를 흔들며 말했다.

―지금 받은 자료만으로도 장일현은 충분히 잡을 수 있어. 일단 이 자료를 통해 천하민을 압박하면서 김석훈의 반응을 기다리는 것도 나쁘지 않을 것 같은데. 장일현이 살기 위해 움직이며 들쑤시고 다니는 것도 수사에 도움이 될 것 같고.

"괜찮은 생각 같습니다. 김석훈의 반응에 따라 다음 계획을 생각해야 할 것 같네요."

민수가 고개를 끄덕였다.

―좋아. 그럼, 일해라. 흘흘흘.

민수는 전화를 끊으며 앞에 앉은 상만을 바라봤다. 그리고 그에게 핸드폰을 건네며 슬쩍 웃었다.

"이거, 박상만 대표가 다 준비해 줘서 우리 검찰이 할 일이 없네요."

상만이 능글맞은 미소를 지었다.

"천하민 대표 귀에 들어가면 안 되니까, 자료 파악하기 힘들었다고 전해 주십시오."

"물론이죠. 그런데 그 말을 천하민이가 믿을지는 모르겠습니다. 흘흘흘."

천하민 대표에게는 상만이 모든 죄를 장일현에게 넘기고

있다고 여기게끔 해야 했다.

그 시각.

천하 호텔 대표이사실.

천하민은 대표이사실을 서성이고 있었다.

그의 발걸음이 무척 무거웠다.

제왕 화학의 분식 회계 및 각종 비리.

장일현이 중간에 만졌지만 최종 승인은 천하민 대표가 했다.

검찰에서 거기까지 발견한다면 제왕 화학으로 시작된 불길이 제왕 호텔 천하민 대표에게 번지는 것은 금방이었다.

고민에 빠져 있던 천하민 대표는 걸음을 멈추고 한숨을 내쉬었다.

검찰이 제왕 화학의 조사를 본격적으로 시작한다는 건 언론을 통해 알고 있었다. 하지만 상만의 전화가 오지 않으니 불안할 수밖에 없다.

그는 손에 쥐고 있던 핸드폰을 들어 올려 가만히 바라봤다. 화면에는 박상만이라는 이름이 떠올라 있었다.

전화를 할까 말까 고민하던 천하민 대표가 고개를 저었다.

"오겠지. 올 거야."

그는 다시 서성이기 시작했다.

그때 천하민 대표의 머릿속에 아버지 천호령 회장이 했던 말이 떠올랐다.

―세상은 먼저 쥐는 거야. 당할 것 같으면 먼저 공격해.

천하민 대표는 핸드폰을 쥔 손에 꾸욱 힘을 줬다. 그리고 핸드폰을 들어 올려 상만이 아닌 장일현에게 전화를 걸었다.

장일현은 물그러미 핸드폰을 보고 있었다.

걸려 온 전화, 발신 번호엔 '천하민 대표'라고 적혀 있었다.

그의 앞에서 차가운 목소리가 들렸다.

"받아."

장일현의 시선이 목소리가 있는 곳으로 향했다.

목소리의 주인공은 김석훈이었다.

두 사람이 앉아 있는 곳은 둥근 테이블이 놓인 차이나 레스토랑이다.

김석훈이 손가락을 까닥이며 말했다.

"녹음 버튼 누르고."

장일현이 고개를 끄덕였다.

"알겠습니다."

그리고 장일현은 천하민의 전화를 받으며 녹음 버튼을 꾹 눌렀다.

"장일현입니다."

─천하민입니다. 장일현 대표, 요즘 어떻게 지내고 있어요? 한번 봤으면 좋겠습니다.

장일현은 지금 마음이 몹시 급한 상태였다. 그런데 앞에서 속 편하게 만나자는 말을 하니 화가 끓어올랐다.

장일현이 화를 누르며 말했다.

"지금 제 상황이 어떤지 아시지 않습니까? 박상만이가 뒤처리를 잘해 주기까지는 제가 대표님과 만날 수 없습니다. 다른 의혹을 받게 될 겁니다."

─좋아요. 그럼 장 대표, 하나만 기억하세요.

"말씀하십시오."

─만약 장 대표가 나를 걸고 넘어진다고 해도 나는 쓰러지지 않아요. 약간 골치는 아플 수 있겠죠.

"……"

─그런데 난 골치 아프고 싶지도 않아요. 장 대표가 다 떠안고 다녀오세요. 갔다 오면 내가 장 대표에게 섭섭하지 않게 하겠습니다.

통화는 조금 더 이어졌다.

장일현은 알았다는 말만 했을 뿐이다.

그리고 전화를 끊으며 김석훈을 바라봤다.

김석훈은 악마 같은 미소로 웃고 있었다.

장일현이 김석훈에게 물었다.

"저, 이제 어떻게 해야 할까요?"

처음 김석훈을 만났을 때보다는 자신감 있는 표정이었다.

천하민의 음성 녹음 파일을 손에 쥐었기 때문이다.

모든 죄를 장일현에게 떠넘기고 자신은 쏙 빠져나가려는 천하민의 음성. 이걸 가지고 있다면 괜찮은 거래를 할 수 있을 것이다.

김석훈은 대답 대신 손을 내밀었다.

"핸드폰 내놔."

장일현은 손에 핸드폰을 김석훈에게 넘겨주지 않은 채 다시 말했다.

"박상만 그 미친놈은 분명 제왕 화학 대표 자리에 올라가는 조건으로 저를 덮어 주기로 했었습니다."

김석훈이 눈동자만 올려 장일현을 노려보며 되물었다.

"그래서?"

"그런데, 그놈이 지금 저를 팔고 있을 게 분명합니다."

김석훈의 입가에 비릿한 미소가 걸렸다.

그가 다정한 목소리로 입을 열었다.

"일현아, 왜 그래? 모르고 있었어? 박상만 사장이 너를 팔 거라는 건 알고 있었잖아."

"……!"

"박상만 사장에게 자리를 넘겨준 것은 네가 마지막까지 버티다가 줄 사람이 없어서 혹시나 하고 넘겼던 거였어. 기억 못 하는 거야?"

상만은 장일현에게 여러 차례 제왕 화학 자리를 요구했었다. 하지만 장일현은 긍정도, 부정도 제대로 하지 않은 채로 마지막에 마지막까지 시간을 끌었다.

자신에게 가장 유리한 카드를 찾기 위해서였다.

하지만 결국 다른 카드를 찾지 못한 채 상만에게 자리를 넘길 수밖에 없었다.

장일현의 입에서 무거운 한숨이 흘러나왔다.

김석훈이 빙긋이 미소를 그리며 다정한 목소리로 말했다.

"핸드폰 넘겨. 그게 네가 살길이야."

장일현이 떨리는 목소리로 김석훈을 바라봤다. 그리고 말했다.

"제가 어떻게 하면 살 수 있습니까? 의원님께 핸드폰을 넘긴다고 해서 살길이 보이지는 않습니다."

김석훈의 입가에 걸렸던 미소가 점차 사라졌다. 그리고 그의 표정은 딱딱하게 변했다.

김석훈이 자리에서 일어서 장일현의 앞으로 다가갔다.

그리고 장일현의 바로 옆에서 김석훈의 걸음이 멈췄다.

날 선 눈빛으로 장일현의 눈을 내려다보던 김석훈이 천천히 손을 들어 올렸다.

김석훈의 손이 장일현의 어깨를 툭툭 치기 시작했다.

두 사람의 분위기는 싸늘하게 얼어붙고 있었다.

김석훈이 낮은 목소리로 말했다.

"맞아. 네가 살 길은 없어. 하지만 있어."

모순된 말에 장일현은 눈을 찌푸렸다.

김석훈의 낮은 목소리가 장일현의 귀를 파고들었다.

"언론에 의해 천하 그룹 김용준과 너는 천하의 나쁜 놈이 될 거야. 아니, 이미 나쁜 놈이지. 그건 알고 있지?"

장일현이 고개를 끄덕였다.

김석훈이 말을 이었다.

"그럼 더 나쁜 놈을 만드는 거야. 너보다 더 나쁜 놈."

"그게 무슨 말씀이십니까?"

장일현이 더듬더듬 물었다.

김석훈이 슬쩍 미소 지으며 다시 그의 어깨를 툭툭 쳤다.

"천유성을 찾아가. 그럼 자연히 해결될 거야."

장일현이 놀란 표정으로 김석훈을 바라봤다.

"네?"

김석훈이 말했다.

"천유성에게 천하민의 녹음 파일을 이야기하면 천유성의 반응은 어떨까?"

"……."

"천하민의 약점을 쥐기 위해 노력하는 천유성이 네 제안을 어떻게 받아들일까? 천유성과 이뤄지는 그 모든 대화를 또다시 녹음을 해라. 그리고 그다음엔 누굴 찾아가야 하는지 알고 있지?"

"천하민을 찾아가야 하는 거군요?"

김석훈이 빙긋이 미소를 그리며 고개를 끄덕였다.

"그래, 그거야. 넌 양쪽의 녹음 파일을 손에 쥐고 이리저리 돌아다니며 네 몸값을 올려. 그렇게 적당히 거래하다가 적당한 가격이 나올 때 팔면 되는 거야."

그날 밤.

제왕 백화점 대표이사실.

천유성 대표의 앞에 장일현이 앉아 있었다.

천유성 대표는 차가운 뱀눈으로 장일현의 위아래를 훑었다.

그의 뱀눈엔 의심만이 가득했다.

당연하지만 천유성 대표가 볼 때 장일현은 천하민의 사람이기 때문이다.

천유성 대표가 퉁명스럽게 입을 열었다.

"어쩐 일이죠? 제왕 화학의 대표였던 분이 나와 천하민의 관계를 모를 리는 없을 텐데요."

무거운 분위기가 흘렀다.

천유성 대표가 지금 한 말은 장일현에게 할 말이 있으면 빨리하고 가라는 뜻이었다.

장일현이 무거운 한숨을 내쉬며 천유성 대표의 얼굴에 시선을 향했다. 그리고 말했다.

"살려 주십시오."

천유성 대표의 뱀눈이 작게 떠졌다.

예상하지 못했던 말이다.

당연히 천유성 대표로서도 당황할 수밖에 없었다.

물끄러미 장일현을 바라보던 천유성 대표가 피식 웃었다. 그리고 어이없다는 표정으로 말했다.

"지금 무슨 말을 하시는 겁니까? 내가 무슨 힘이 있어서 장일현 씨를 살리고 말고 합니까? 그런 말을 하고 싶으면 검찰에 가서 이민순가 뭔가 하는 검사 바짓가랑이를 잡으세요. 동문이라면서요?"

천유성 대표의 비웃는 말투에 장일현은 자리에서 벌떡 일어섰다. 그리고 천유성 대표를 향해 90도로 허리를 숙이며 말했다.

"천유성 대표님이 회장 자리에 오르신다면 저 같은 놈의 재판에서 판사를 구워삶는 건 가능하지 않습니까?"

"……!"

소파에 턱을 괴고 앉아 있던 천유성 대표는 앞에서 허리를 굽히고 있는 장일현을 보며 처음으로 호기심을 가졌다.

"내가 회장 자리에 오르면 가능하다고요?"

장일현은 아직 허리를 펴지 않았다. 그는 여전히 고개 숙인 채로 크게 말했다.

"네, 천하민 대표가 감옥에 가면 천유성 대표님이 자연히 그룹의 후계로 지정될 겁니다. 제왕 그룹의 회장이라면 저 같은 잡범의 재판은 도와주실 수 있다고 생각합니다."

천유성 대표의 입꼬리가 말려 올라갔다. 턱을 괴고 있던 그는 손깍지를 끼며 장일현을 바라봤다. 그리고 말했다.

"장일현 씨가 무슨 잡범입니까? 잡범이 매일 텔레비전에 나오는 거 본 적 있습니까?"

텔레비전의 뉴스는 제왕 화학 장일현의 이름으로 채워지고 있었다.

장일현이 말했다.

"제 이름을 덮을 재물을 올릴 겁니다."

"그 재물이 뭐죠?"

"천하민 대표입니다."

천유성 대표의 입가에 걸린 미소가 더욱 짙어졌다. 지금 막 그의 얼굴을 본다면 처음부터 활짝 웃고 있었던 것으로 착각할 수도 있었다.

장일현은 그제야 허리를 폈다.

그리고 활짝 웃고 있는 천유성 대표의 얼굴을 보고 주먹을 꽉 쥐었다.

거의 넘어왔다.

이제 조금만 더 부추긴다면 목적했던 바를 이룰 수 있다.

장일현이 계속 말했다.

"천하민 대표가 감옥에 가게 되면 제 이름은 언론에서 지워질 겁니다. 어차피 언론은 더 강한 자극을 원하고 있으니까요."

장일현의 이름을 천하민이라는 더 강한 자극으로 덮겠다는 말이다.

천유성 대표가 물끄러미 장일현을 바라보다가 물었다.

"상당히 자신이 넘치네요. 그래, 장일현 대표는 천하민이 구속을 넘어 실형을 받을 수 있게 할 자료를 가지고 있나요?"

그 말에 장일현이 기다렸다는 듯 핸드폰을 꺼냈다. 그리고 녹음된 음성을 재생했다.

천하민의 목소리가 흘러나왔다.

―난 골치 아프고 싶지도 않아요. 장 대표가 다 떠안고 다녀오세요. 갔다 오면 내가 장 대표에게 섭섭하지 않게 하겠습니다.

장일현이 파일을 정지시킨 후 천유성 대표에게 말했다.

"천하민 대표를 감옥에 보낼 자료는 더 가지고 있습니다."

천유성 대표가 기쁜 표정으로 활짝 미소 지었다. 그리고 말했다.

"그런데, 어떡하죠? 죄송합니다만 전 이런 식으로 동생과 싸우면서까지 회장 자리에 오르고 싶지는 않습니다. 이게 사실이라는 것도 믿기지 않고요."

"······!"

장일현의 눈이 찌푸려졌다.

잘 나가다가 웬 날벼락인지 알 수가 없었다.

여기서 천유성 대표가 천하민에 관한 미끼를 날름 물어야
했다.

그래야 그걸 빌미로 천하민에게 달려갈 수 있는데······.

장일현이 눈을 깜빡이고 있자 천유성 대표가 빙긋이 미소
지으며 말했다.

"그만 나가 주셨으면 하는데요."

잠시 후, 장일현이 떠난 제왕 백화점 대표이사실.

천유성 대표는 여전히 소파에 앉아 있었다.

그는 미동도 하지 않고 눈을 작게 뜨고 생각에 빠져 있었다.

그가 낮은 목소리로 중얼거렸다.

"장일현이 무슨 생각이지?"

천유성 대표는 녹음 파일을 가진 장일현이 왜 천하민과 거
래하지 않고 자신에게 왔는지 이해할 수가 없었다.

장일현의 생각을 이해하지 못한 천유성 대표의 눈이 더 작
게 떠졌다.

그 시각, 김석훈은 어두운 바에 앉아 있었다.

그의 옆으로 천시현이 보였다.

바에서는 흐트러진 모습을 보였던 천시현이지만 아직 술을 많이 마시지 않았는지 멀쩡한 모습이다.

김석훈이 술을 마신 후 말했다.

"천하민에게 장일현이 천유성과 거래하고 있다고 전해. 장일현이 천하민의 녹음 파일을 가지고 있는 모양이야."

천시현이 김석훈의 빈 잔에 술을 채우며 고개를 갸웃거렸다.

"장일현이 천유성한테 붙었어요?"

김석훈이 고개를 끄덕였다.

천시현이 술잔을 들어 입술을 적신 후 다시 물었다.

"지금 천하민은 궁지에 몰렸잖아요. 거기에 장일현이 녹음 파일을 들고 있다는 걸 알면 어떻게 할까요? 내용에 따라 다르려나?"

김석훈이 슬쩍 미소 지었다.

"장일현이 처음부터 그 녹음 파일을 들고 천하민 자신과 거래하려 했다면 적당히 끌려다녔을 거야. 하지만 자신이 아닌 천유성과 거래했다는 걸 안다면 내용 같은 건 상관하지 않겠지."

"……."

"천하민은 장일현을 죽이려 들 거야."

천시현이 놀란 표정을 짓고 있자 김석훈이 살짝 미소를 지으며 그녀와 눈을 마주쳤다.

"왜 놀란 척하지? 아니, 모르는 척하는 건가? 그게 당신들 집안의 방법이잖아. 가장 간단하고 효율적인 일. 장일현과 거래하면서 입씨름할 필요도 없고, 장일현이 언론에 터뜨릴까 전전긍긍할 필요도 없고. 죽이면 모든 게 간단해지니까."

천시현의 입꼬리가 말려 올라갔다. 그녀가 고개를 끄덕였다.

"그건 그래요. 죽은 사람을 조사하지 않는 법이 있다면서요. 그 법이 우리 집안이 그렇게 행동하는 것에 한몫하고 있기도 하죠."

천시현은 잔을 들어 술을 마신 후 고개를 돌려 김석훈을 바라봤다. 그리고 붉은 입술로 웃으며 말했다.

"그래서, 당신은 장일현이 죽기를 바라는 건가요?"

김석훈은 아무 말도 하지 않았다. 그저 빙긋이 미소 지을 뿐이었다.

김석훈이 잔을 손에 쥐며 말했다.

"내 생각을 묻지 말고 자네의 오빠에게나 전화했으면 좋겠어."

"나도 그게 좋겠다고 생각하네요."

천시현은 천천히 핸드폰을 들어 올렸다.

핸드폰 화면을 넘기는 그녀의 손엔 붉은 매니큐어가 칠해져 있었다.

그녀의 핸드폰 주소록은 천하민 대표의 이름에서 멈춰 섰다.

어게인
마이라이프
SEASON2

잠시의 통화연결음이 지나고 천하민 대표의 목소리가 흘러나왔다.

-늦은 시간에 무슨 일이지? 말해.

"재밌는 일이 생겨서 전화했어요. 들어 볼래요?"

-뭐지?

천시현은 옆에 앉은 김석훈을 힐끔 본 후 입을 열었다.

"장일현이 지금 누굴 만나고 있게요?"

천하민 대표가 아무 말도 하고 있지 않자 천시현이 입을 열었다.

"장일현이는 천유성 오라버니를 만나고 있네요."

-그, 그게 사실이야?

천하민 대표의 목소리가 다급해졌다.

상대의 급한 목소리를 즐기며 천시현이 나직이 말했다.

"어때요? 내 정보가 도움 되죠? 그런데, 어떡해요? 오늘까지는 무료로 알려 줬지만 다음부터는 내가 원하는 걸 들어 줘야 할 텐데요."

그녀가 천하민과의 전화를 끊자 옆에 앉아 있던 김석훈이 빙긋이 미소를 그렸다.

"자네도 많이 늘었어."

"이게 다 김석훈 의원님 덕입니다."

"……"

"그런데, 정말 천하민의 손을 이용해서 장일현을 죽일 생각인가요? 천하민의 성격에 그렇게까지 할 것 같지는 않은데요."

김석훈의 입꼬리가 살짝 말려 올라갔다.

김석훈은 술잔을 들어 입술을 적실 뿐, 입을 열지는 않았다.

그의 눈에 장일현이 보이는 것만 같았다.

배신한 장일현을 계속 옆에 두려고 했던 이유. 그것은 장일현은 김석훈의 딸인 한미를 이용하려 했기 때문이다.

김석훈은 그런 장일현이 감옥에서 편안히 벌을 받게 할 생각은 없었다.

김석훈의 시선이 힐끗 천시현을 향했다. 그리고 작은 목소리로 말했다.

"자네는 조진석의 일당과 연결점이 없지?"

"연결점이 있는 건 아버지와 둘째 오빠뿐이죠."

김석훈이 고개를 끄덕였다. 그리고 술잔을 들어 입에 댄 후 말했다.

"난 자네 남편을 조진석 일당이 살해하지 않았을까 싶어."

"……!"

천시현의 얼굴이 순간적으로 어두워졌다.

김석훈이 말을 이었다.

"좀도둑만 봐도 범행을 저지르며 기술이 발전하지. 그리고 대담해져."

"지금 좀도둑과 내 남편 살해 이야기가 무슨 상관이죠?"

그녀는 차갑게 말하며 입에 담배를 물었다.

김석훈은 표정의 변화 없이 계속 말했다.

"연쇄살인범이라 해서 다르지 않아. 놈들의 범행도 발전하고 대담해지지."

천시현의 입에서 뿌연 연기가 흘러나왔고 김석훈은 말을 이었다.

"하지만 발전하고 대담해진다고 해도 처음 했던 범행과 뿌리는 다르지 않아. 내가 보는 조진석 일당의 살인 방법은 크게 두 가지야. 자살로 위장하는 것과 은폐하는 것. 자네 남편의 경우에는 은폐가 되겠지?"

그녀가 고개를 끄덕이는 걸 보며 김석훈이 계속 말했다.

"그럼 하나의 가정을 해 보지. 놈들이 장일현을 죽인다. 그럼 은폐할까, 아니면 자살로 위장할까?"

"……!"

"자살은 어떤 도움도 되지 않아. 장일현 개인에 대한 비리를 조사하던 게 아니었기 때문에 놈의 죽음으로 사건이 종결되지도 않지. 오히려 천하민이 가진 의혹이 증폭될 뿐이야."

천시현이 마른 입술을 혀로 적시며 말했다.

"죽음을 은폐하려고 하겠군요."

김석훈이 고개를 끄덕였다.

"그래, 은폐한다고 해도 시끄럽기는 마찬가지일 거야. 하지만 언론이나 검찰은 장일현이 도주했다고 생각하겠지. 사람들의 시선이 장일현을 찾고 있을 동안 천하민은 증거를 지울 거야."

김석훈이 힐끗 천시현을 보며 말을 이었다.

"자네가 지켜봐야 할 순간은 천하민이 증거를 지우는 게
아니지. 놈들이 장일현을 죽이는 그 순간을 지켜봐, 어떻게
죽이고 어느 곳에 버릴지. 그 버리는 곳과 비슷한 곳에 자네
의 남편이 있을 거야."

천시현이 가볍게 한숨을 쉬며 머리를 쓸어넘겼다.

그녀의 눈빛은 몹시 쓸쓸해 보였다.

"남편을 곧 찾을 수 있다는 것이 행복해야 하는데, 난 오
늘 술이 좀 많이 들어가겠네요."

그녀의 표정을 보며 김석훈은 빙긋이 미소를 그렸다.

방금 천시현은 분명 '천하민의 성격에 그렇게까지 할 것
같지는 않은데요.'라고 말했었다.

하지만 김석훈은 상관하지 않고 있었다.

천하민이 그렇게 하도록 만드는 것은 모두 천시현이니까.

그리고 그 천시현을 움직이고 있는 것은 김석훈이었다.

김석훈의 입에 걸린 미소는 짙어지고 있었다.

다음 날.

천하민 대표는 대표이사실을 서성이고 있었다.

뉴스에서는 계속해서 검찰의 수사가 천하민 대표까지 번질지 예측하는 소식만을 전했다.

　서성이던 천하민 대표가 걸음을 뚝 멈췄다. 그리고 이를 꽉 깨물었다.

　그는 거칠게 리모컨을 들어 텔레비전의 전원을 꺼 버렸다.

　전 국민의 관심사이자 놀림감이 된 것만 같았다.

　그의 머릿속엔 장일현에 관한 생각만으로 가득했다.

　그때 대표이사실의 문이 열리고 천시현이 안으로 들어왔다.

　그녀가 천하민 대표를 보며 활짝 미소 지었다.

　"이른 아침부터 이 동생이 그렇게 보고 싶었나요? 새벽부터 전화하셔서 잠을 못 잤어요."

　천하민 대표는 고개만 돌렸다. 그리고 천시현을 보며 미간을 찌푸렸다.

　"술 냄새가 많이 난다. 어제 과하게 마셨구나?"

　천시현은 입꼬리를 말아 올리며 소파에 앉았다.

　"취하지 않고는 살기 힘든 세상이지 않나요?"

　천하민 대표가 몸을 돌려 소파로 걸어와 그녀의 맞은편에 자리하며 말했다.

　"어제 장일현에 관한 정보, 누구에게 들은 거지?"

　구불거리는 머리를 손가락으로 빙글 돌려 꼬던 천시현이 살짝 시선을 올려 천하민 대표를 바라봤다. 그리고 배시시 미소 지으며 말했다.

"영업 비밀은 가르쳐 주지 않는다는 거 알죠?"

천하민 대표가 고개를 끄덕였다.

"좋아. 그것에 대해선 묻지 않도록 하지."

"그럼, 다른 건 물어보시겠다는 말인가요?"

천하민 대표가 낮게 한숨을 내쉬었다. 그리고 천시현을 보며 입을 열었다.

"천유성과 거래할 만한 게 있을까?"

"거래요?"

천하민 대표가 고개를 끄덕였다.

천유성 대표는 천하민 대표의 약점을 오랜 시간 동안 준비했다.

하지만 천하민 대표는 손에 쥐고 있는 게 아무것도 없었다.

그래서 혹시나 천시현이 약점을 쥐고 있을까 물어본 것인데, 그녀는 웃기만 하고 있었다.

천하민 대표가 이맛살을 찌푸리며 물었다.

"왜 그러지? 웃을 일인가?"

"아, 죄송해요. 재밌네요."

"……."

천시현은 다시 활짝 웃어 보였다.

그녀의 눈에 똑똑한 척은 다 해 놓고 정작 천유성에 관한 어떤 것도 준비해 놓지 않은 천유성의 모습이 우습게 보였다.

천호령 회장이 왜 천유성과 천하민을 경쟁을 붙이는지 이

어게인
마이라이프
SEASON2

유를 알 것 같았다.

그녀는 김석훈과 만나며 김석훈의 무서움을 뼛속 깊이 느끼고 있었다.

김석훈도 그 정도인데, 김석훈과 조태섭을 찍어 누른 김희우는 어떤 인간일까?

그런 인간들이 천유성과 천하민을 공격한다면 버틸 수 있을까?

당연히 이리저리 휘둘리다가 쓰러지고 말 게 뻔했다.

그녀의 입꼬리가 살짝 말려 올라갔다.

그녀가 말했다.

"그런데, 어제 말하지 않았나요? 이제 나도 원하는 걸 손에 쥐고 싶다고 얘기했을 텐데요. 세상에 계속되는 공짜는 없는 법이랍니다."

그녀의 말에 천하민 대표가 깊은 한숨을 내쉬었다.

"필요한 걸 말해 봐. 듣고 이야기하지."

천시현은 다시 손가락으로 자신의 머리카락을 둘둘 말기 시작했다.

"글쎄요. 그런데 나도 먼저 물어볼 게 있어요. 지금 당장 필요한 게 둘째 오빠의 비리인가요, 아니면 지금 사태를 풀어 나갈 방법인가요?"

천하민 대표의 눈이 반짝였다.

"둘 다."

"우선 고르라면요?"

"풀어 나갈 방법."

당연한 대답이었다.

천시현이 살짝 웃으며 말했다.

"장일현을 죽이세요."

"……!"

천시현이 말을 이었다.

"아버지께 가세요. 그리고 장일현이 물을 흐린다고 말하세요. 그러면 될 겁니다."

천하민 대표의 눈이 작아졌다.

"그게 끝인가?"

"네, 그럼 아버지가 움직일 거예요."

천시현이 웃으며 여유로운 표정으로 말했다.

천하민 대표가 작게 한숨을 내쉬며 물었다.

"좋아. 그럼 네가 필요한 건 뭐지?"

머리카락을 둘둘 말던 천시현의 손가락이 멎었다. 그리고 그녀가 말했다.

"글쎄요. 뭘 이야기해야 좋을까요? 첫 번째니까, 편하게 가방으로 할까요?"

천하민 대표가 만족스럽게 웃으며 고개를 끄덕였다.

"가방이라면 열 개고 스무 개고 사 주지."

"어머? 역시 나한테는 셋째 오빠밖에 없네요."

천시현은 눈웃음을 지으며 천하민 대표를 바라봤다.

그녀의 머릿속에 김석훈이 했던 말이 떠오르고 있었다.

어젯밤 김석훈은 그녀에게 첫 번째 거래에서 무리한 걸 요구하지 말라고 이야기했다.

그게 천천히 상대를 옭아매는 방법이기 때문이다.

천호령 회장의 서재.

천하민 대표가 그 앞에 고개를 숙이고 있었다.

천호령 회장이 탐탁지 않은 표정으로 천하민 대표를 바라보며 말했다.

"말해. 필요한 게 있으니까 왔을 거 아냐?"

천하민 대표가 천천히 고개를 들었다. 그리고 천호령 회장과 눈을 마주쳤다.

"아버지께서 얼마 전에 당하기 전에 먼저 공격하라고 말씀하셨습니다. 먼저 공격하고 싶은데 지금 제 힘으론 부족합니다. 아버지의 도움을 받고 싶습니다."

천호령 회장이 가만히 천하민 대표를 바라봤다.

천하민 대표는 노인의 쏘아지는 눈빛에 작게 한숨을 내쉬며 천천히 입을 열었다.

"제왕 화학 대표 자리에 있던 장일현입니다."

"그놈은 왜?"

"우리 두 형제 사이를 오가며 흙탕물을 만들고 있습니다."

천호령 회장의 눈이 작게 떠졌다.

"그래서 원하는 건?"

"입을 막고 싶습니다."

천호령 회장의 눈살이 찌푸려지고 있었다.

그 시각.

희우의 국회의원 사무실.

희우는 천시현과 마주 앉아 있었다.

천시현이 희우에게 말했다.

"장일현이 죽을 거예요."

"그게 무슨 말이죠?"

희우는 조금 당황해서 물었지만 천시현은 아무렇지도 않은 표정으로 계속 말했다.

"셋째 오빠, 그러니까 천하민 대표가 우리 아빠에게 이야기했으니까요. 아빠는 두 오빠 싸움에 끼어들어도 용서하는 건 김희우 의원밖에 없어요. 장일현 같은 미꾸라지는 바로 제거하겠죠."

희우가 고개를 저었다.

"그러니까, 그게 무슨 말이죠?"

"장일현이 둘째 오빠에게 가서 셋째 오빠의 약점을 가지고 있다고, 손잡자고 말했네요. 그런데 불쌍하게도 그 사실을 셋째 오빠가 알아 버렸고요. 셋째 오빠는 아빠에게 이야기했죠."

희우가 고개를 끄덕이며 천시현을 바라봤다. 그리고 물었다.

"지금 이 이야기를 내게 하는 이유는 뭐죠?"

"내 남편 찾아 달라는 의뢰 했잖아요. 뭐라고 하더라? 살인자는 범행이 발전하고 대담해지지만 그 뿌리는 같다면서요? 장일현을 지켜보면 내 남편에 대한 길이 보일 거예요."

살해당할 때 지켜보고 있다가 그다음에 어떻게 하는지 확인하라는 뜻이었다. 사람의 목숨을 파리 목숨보다 하찮게 여기고 있었다.

희우는 잠시 눈을 감았다.

그리고 다시 눈을 떴을 땐 살짝 미소까지 지으며 고개를 끄덕였다.

"알겠습니다. 지켜보도록 하죠. 그럼 되겠습니까?"

"네, 그거면 됩니다."

천시현은 손바닥만 한 가방을 들고 자리에서 일어섰다.

그리고 몸을 돌려 희우의 방을 빠져나갔다.

그녀를 배웅하고 다시 방으로 돌아온 희우의 얼굴은 무섭게 일그러졌다.

희우는 핸드폰을 들어 김석훈에게 전화를 걸었다.

"잠깐 뵙고 싶습니다."

그날 밤, 희우와 김석훈이 마주 섰다.

김석훈이 사는 오피스텔 근처의 공원이었다.

희우가 한숨을 내쉬며 말했다.

"장일현을 죽이기 위해 지금까지 계속 곁에 뒀던 겁니까?"

김석훈이 조금은 의아한 표정으로 희우를 바라봤다.

"그건 어떻게 알았지?"

"낮에 천시현이 다녀갔습니다."

김석훈의 입가에 비릿한 미소가 걸렸다.

그가 웃기 시작했다.

작게 시작된 웃음은 점점 커지고 있었다.

그리고 뚝, 그의 웃음이 멎었다.

그의 입에서 서릿발같이 차가운 음성이 흘러나왔다.

"정말 멍청한 여자야. 정말 멍청해. 그걸 또 너에게 가서 이야기하고 있다니, 제정신이 아니야."

희우는 한숨을 내쉬며 고개를 저었다.

"지금 천시현에 관한 이야기를 하는 게 아닌데요."

한참을 웃던 김석훈이 뚝, 웃음을 그쳤다. 그리고 희우를 노려보며 말했다.

"김희우, 장일현을 싫어하는 것 아니었나? 죽든 말든 상관하지 않을 줄 알았는데."

희우가 입꼬리를 말아 올렸다.

"대한민국에 상대를 싫어한다고 해서 직접 죄를 물을 수 있는 법은 없는 것으로 아는데요."

김석훈이 고개를 저었다.

"난 직접 죄를 묻지 않았어."

"다른 사람의 손을 이용하는 거겠죠. 그런 법도 없습니다."

김석훈이 쓴웃음을 지었다. 그리고 말했다.

"천시현이가 자네에게 쪼르르 달려가 입을 연 이상, 난 이제 장일현에 관해서 어떤 것도 상관하지 않겠네. 자네가 장일현을 살려 둔다 해도 난 개입하지 않겠어. 죽는다고 해도 마찬가지고."

"......"

"내가 하고 싶은 건 여기까지야. 어차피 감옥에 갈 놈이니, 장일현에 관한 처단은 끝났어."

희우가 김석훈을 노려보며 입을 열었다.

"도대체 목적이 무엇입니까?"

김석훈의 입꼬리가 말려 올라갔다.

"몇 번을 물어보는 거지? 난 대답해 주지 않겠다고 말했는데."

잠시 김석훈을 노려보던 희우가 고개를 끄덕였다.

"알겠습니다."

더 물어봐도 대답하지 않을 사람이었다.

희우는 몸을 돌려 그 자리를 피했다.

떠나는 희우의 뒷모습을 물끄러미 바라보던 김석훈이 말했다.

"하나 이야기하지. 장일현이에게 천하민의 음성 파일이 있어. 결정적인 증거는 아니지만 국민들의 마음을 움직이기에는 충분한 자료야."

희우가 고개만 돌려 김석훈을 보며 살짝 인사를 했다.

그렇게 김석훈과 헤어진 희우는 차량에 올랐다.

그는 시동을 건 후 액셀을 밟기 전에 윤수련 검사에게 메시지를 보냈다. 민수와 연락이 가능하다면 적당한 때에 민수가 전화할 수 있도록 부탁한다는 메시지였다.

그리고 10분쯤 지난 후, 윤수련 검사로부터 전화가 걸려왔다. 하지만 목소리는 민수였다.

-무슨 일이야?

"장일현 잡는 거요. 천하민을 잡기 전에 우선 움직이는 게 좋을 것 같습니다."

-응? 무슨 소리야? 장일현이 미꾸라지처럼 이리저리 돌아다녀야 좋은 거 아냐?

장일현은 언제든 구속할 수 있었다. 다만, 지금은 장일현이 사방팔방 돌아다니며 흙탕물을 만들기를 기다리는 중이었다.

희우가 말했다.

"제왕 그룹에서 장일현을 제거할 생각입니다. 장일현이 천하민에 관한 중요한 정보를 가지고 있는가 봅니다."

-제거?

민수의 놀란 목소리가 흘러나왔다.

장일현은 술집에 앉아 홀로 술을 마시고 있었다.

모든 게 혼란스러웠다.

답답하기만 했다.

잘해 보려고 했던 일이 꼬이고 꼬였으니 짜증이 날 수밖에 없었다.

그가 소주잔을 들어 목을 축일 때, 핸드폰의 진동이 울렸다.

전화가 온 곳은 검찰에 있는 동기였다.

"어, 어쩐 일이야?"

-너, 체포 영장 나왔다.

"……!"

-이번에 잡히면 꽤 오래 있어야 하는 거 알지?

장일현은 이미 한번 교도소에 들어갔다 왔다.

실형을 선고받게 되면 얼마나 오랜 시간 동안 있어야 할지 감도 잘 잡히지 않았다.

장일현이 자리에서 일어섰다.

그의 입에선 깊은 한숨이 흘러나왔다.

적어도 천하민이나 천유성, 둘 중 하나가 뒤를 봐주겠다는 약속을 할 때까지는 재판에 설 수 없었다.

그는 술집 밖으로 빠져나왔다.

다음 날, 아침.

뉴스는 시끄러웠다.

—제왕 화학 장일현 씨에 대한 체포 영장을 발부받고 즉시 체포하려 했으나 이미 장일현 씨는 행방이 묘연한 상황입니다.

천호령 회장은 입을 꽉 깨물며 텔레비전을 껐다. 그리고 천하민을 노려보며 말했다.

"도대체 일을 어떻게 하는 거야? 놈을 처리해 달라고 부탁했으면 놈이 검찰에 붙들려 가지 않도록 조처를 해 놔야 할 거 아냐?"

천하민 대표가 고개를 숙였다.

"죄송합니다. 검찰이 이렇게 빨리 움직일 거라고는 생각하지 못했습니다."

천호령 회장의 입에서 깊은 한숨이 흘렀다.

천호령 회장은 천하민 대표를 죽일 듯 노려보다가 천천히 전화를 들어 올렸다.

신호가 향하는 곳은 조진석이었다.

"장일현이가 어디로 숨었는지 알아봐. 최대한 빨리 움직여야 해."

–네, 알겠습니다.

천호령 회장이 전화를 끊었다. 그리고 천하민 대표를 노려보며 말했다.

"서당 개 3년에 풍월을 읊는다고 했어. 제발 좀 지켜봐. 보고 좀 느끼고 배워 봐, 아비가 무얼 하는지. 옆에서 보면서도 배우지 못하면 그건 개보다 못한 거야."

"죄송합니다."

천하민 대표는 연신 고개를 숙일 뿐이었다.

천호령 회장은 꼴보기 싫다는 듯 손을 휘저으며 말했다.

"나가 봐."

천하민 대표는 고개를 숙이고 천호령 회장의 서재를 떠났다.

그의 뒷모습을 보며 천호령 회장이 혀를 찼다.

"못난 놈."

잠시 후, 서재 문이 열리고 천시현이 들어왔다.

뭔가를 보고 있던 천호령 회장이 고개를 들어 그녀를 바라봤다.

천시현을 보는 천호령 회장의 눈길은 곱지 않았다.

"무슨 일이지?"

천시현이 천호령 회장의 책상 앞으로 걸어와 멈춰 섰다. 그리고 조금은 긴장된 표정을 지었다. 평소 헤픈 웃음을 보이던 그녀에게 처음 보는 표정이었다.

"말씀드릴 게 있어서 왔어요."

"난 너와 할 말이 없어."

천호령 회장이 딱 잘라 말했지만 천시현이 고개를 돌려 서재의 문을 잠시 응시했다가 다시 천호령 회장에게 시선을 향했다.

"방금 여기 있던 셋째 오빠, 보고 있으면 답답하지 않나요?"

천호령 회장의 눈빛이 천시현을 노려봤다.

하지만 천시현은 천호령 회장의 눈빛을 받아 내며 입을 열었다.

"장일현이가 검찰에 쫓기는 것 때문에 그런 거죠? 검찰은 내가 움직였어요."

"……!"

"셋째 오빠가 장일현의 살해 계획을 하고 있다는 걸 김희우에게 알렸죠. 물론 일부러 한 거예요."

천호령 회장의 얼굴에 점점 노기가 가득해졌다.

하지만 천시현은 담담했다. 그녀가 계속 말했다.

"아버지가 항상 하신 말이 있죠. '원하는 건 스스로 손에 넣어라. 먼저 쥐는 놈이 임자다. 상대가 나를 공격하려 하면 먼저 죽여라. 세상에 착한 사람이란 능력 없고 힘없는 놈을 이야기하는 거다.'라고요."

"……."

"또 하나, 아버지가 연못에 있는 개구리를 보며 했던 말씀. 무심코 던진 돌에 개구리는 맞아 죽는다. 개구리는 왜 죽을까? 약하기 때문에 생각 없이 던진 돌에도 처맞아 죽는다. 그렇게 말씀하셨죠. 난 장일현을 던져 봤네요. 그리고 누군가는 장일현에 맞아 감옥에 갈 수도 있겠네요."

천호령 회장은 가만히 천시현을 바라봤다.

천시현이 말을 이었다.

"장일현에 맞아 감옥에 갈 사람은 셋째 오빠인 천하민 대표. 난 언제든 천하민 대표를 무너뜨릴 수 있다는 걸 아버지께 보여 줬어요. 이런데도 난 여자니까, 아무것도 할 수 없는 건가요?"

"……."

"천하민 오빠는 약해요. 하지만 난 강해요. 날 선택하는 게 더 좋은 것 아닌가요?"

천호령 회장이 서재의 책상에서 일어섰다. 그리고 천시현을 향해 뚜벅뚜벅 걸어갔다.

그의 걸음이 천시현의 바로 앞에서 멎었다.

천시현은 천호령 회장이 바로 앞에 설 때까지 눈을 피하지 않고 있었다.

천호령 회장이 낮지만 다정한 목소리로 입을 열었다.

"시현아."

"네, 아버지."

"그러니까 네가 안 되는 거야."

"……!"

"김석훈과 자주 만난다는 걸 들었다. 그런데, 배운 게 고작 그건가?"

김석훈이라는 이름이 천호령 회장의 입에서 나오자 천시현의 눈동자가 떨려 왔다.

천호령 회장이 한숨을 내쉬면서 천시현의 머리를 쓰다듬었다.

그리고 말을 이었다.

"김석훈이 멍청한 계집이라며 너를 비웃고 있을 거다."

"……!"

"그러니까 앞으로 나서지 마라. 네가 나설수록 혼란스럽기만 하구나."

천시현은 주춤주춤 뒤로 물러섰다.

그녀로서는 천호령 회장이 하는 말이 무엇인지 도무지 알 수가 없었다.

그날 밤.

천시현은 바의 테이블에 흐트러져 있었다.

그녀의 옆으로 김석훈이 앉았다.

천시현이 게슴츠레한 눈으로 김석훈을 보다가 히죽 웃었다.

"김석훈 의원님 오셨네요."

"많이 취했군."

"나, 하나만 물어볼게요. 내가 김희우에게 장일현을 이야기했어요."

"알아."

"당연히 김희우는 검찰과 연락해서 장일현을 잡았어요. 셋째 오빠는 패닉 상태."

김석훈이 고개를 끄덕였다.

"알아."

천시현이 김석훈을 물끄러미 보다가 물었다.

"그런데요, 김석훈 의원님. 나를 멍청한 계집이라고 비웃었나요?"

"……!"

"어머? 말 안 하는 거 보니까 정말 비웃었나 보네? 나 지금, 김석훈 의원님 당황하는 거 처음 본 것 같은데."

김석훈이 한숨을 내쉬며 천시현을 바라봤다.

천시현이 미소를 지으며 물었다.

"내가 왜 멍청하다는 거죠?"

김석훈이 고개를 끄덕였다.

"멍청하지. 아주 멍청하지. 장일현의 살해 현장을 자네가 확인했고 만약 동영상까지 찍어 증거를 남겨 뒀다면, 자네에게는 어떤 패가 손에 들어오는 걸까?"

"……!"

"어떻게든 사용할 수 있는 조커를 손에 쥐는 거야. 천하민이 가진 지분의 절반 이상을 뺏어 올 수도 있고 때에 따라선 천호령 회장님까지 테이블에 앉게 할 수 있지."

천시현이 어색하게 웃었다.

지금까지 취해 있던 동공은 또렷했다.

자신이 실수했다는 걸 느끼고 있었다.

그녀가 구불거리는 머리를 쓸어 넘기며 고개를 저었다.

"그러니까, 내가 지금 내 손에 들어올 조커 카드를 검찰에 넘긴 거군요."

김석훈이 고개를 끄덕였다.

"하나의 목표를 가지고 움직여. 목표가 두 개가 되면 지금 같은 현상이 벌어지는 거야. 자네의 목표가 뭐였지? 남편을 찾는 것이 목표였잖아. 그럼, 돈 벌 생각 하지 말고 남편만 찾아. 그 과정에서 승리한다면 돈은 자연히 손에 들어올 테니까."

천시현은 한숨을 내쉬며 고개를 끄덕였다.

"아직 기회가 있겠죠?"

"천호령 회장님의 성격에 이런 이야기를 천하민 대표에게 하지는 않을 거야. 그럼 자네에게 기회가 있다는 뜻이지."

김석훈은 슬쩍 미소 지었다.

천시현은 이용 가치가 있다.

장일현의 일은 안타깝지만 이번 일로 그녀는 더욱 김석훈의 말을 따르게 될 거다.

김석훈은 술잔을 들어 올렸다.

다음 날.

제왕 백화점 대표이사실.

신문을 보는 천유성 대표는 즐거운 표정을 짓고 있었다.

그가 보고 있던 신문을 접어 테이블에 내려 뒀다. 그리고 앞을 바라봤다.

그의 앞에는 조진석이 앉아 있었다.

천유성 대표가 싱글벙글한 미소를 감추지 않고 입을 열었다.

"그러니까, 아직 장일현의 행방을 모른다는 거죠?"

조진석이 고개를 끄덕였다.

"네, 쥐도 새도 모르게 숨어 버렸습니다."

"이틀이나 잡히지 않는다니, 용하네요. 여기저기 검문이 깔려 있던데요."

"천호령 회장님이 빠른 시일 내에 놈을 찾으라고 지시하셨지만 우리도 어떤 단서도 찾지 못했습니다. 확실히 검사로 있던 놈이라 그런지 단속 구간이나 숨는 방법을 잘 알고 있는 것 같습니다."

천유성 대표가 찻잔을 들며 말했다.

"아버지가 조진석 실장에게 이야기했으니 나는 조진석 실장보다 먼저 장일현이를 잡아야겠군요."

천유성 대표에게 최상의 시나리오는 장일현을 잡아 검찰에 넘기는 거였다.

그리고 그 과정에서 천하민의 음성 파일이 세상에 공개된다면 금상첨화였다.

세상 사람들은 장일현을 방패 삼아 살아남으려 한 천하민에게 환멸을 느끼고 엄청난 비난을 쏟아 낼 게 분명하기 때문이다.

대중의 비난은 권력을 움직이게 한다.

정치권에서는 천하민이 가진 살점 하나까지 뜯어먹으려고 난리를 칠 거다.

여기까지 생각한 천유성 대표의 얼굴에서는 미소가 더욱 활짝 만개하고 있었다.

조진석이 말했다.

"그런데, 말씀드렸듯이 놈의 행방이 묘연한 터라 시간이 조금 걸릴 것 같습니다."

천유성 대표가 고개를 끄덕였다.

"괜찮습니다. 어차피 놈이 죽지 않는 이상 언젠가는 잡힐 거잖아요?"

"……."

천유성 대표의 말에 조진석은 작게 한숨을 내쉬었다.

천유성 대표가 계속 말했다.

"그 시간 동안 계속해서 관련 의혹을 증폭시키면 천하민이 만 더 난처해지겠네요. 소규모 인터넷 신문사에 연락해서 준비 좀 해야겠습니다."

천유성 대표는 천하민과 장일현에 관한 소설 같은 루머를 퍼뜨릴 생각이었다.

천유성 대표의 눈에 천하민 대표가 곤란할 상황들이 눈에 보이는 것만 같았다.

조진석이 말했다.

"작은 신문사 위주로 알아볼까요? 회장님이 곧잘 이용하시는 곳이 있습니다. 사업체가 중국에 있는 것으로 되어 있어서 명예훼손 같은 법적인 문제에도 자유로운 곳입니다."

"그래요? 그럼 저도 아버지가 이용하는 곳을 사용하도록 하죠."

조진석은 조용히 고개를 끄덕였다.

"알아보겠습니다."

조진석은 힐끔 천유성 대표를 바라봤다.

천유성 대표는 방금 '내가 조진석 실장보다 장일현이를 먼저 잡아야겠군요.', 그리고 '어차피 놈이 죽지 않는 이상 언젠가는 잡힐 거잖아요?'라는 말을 했다.

아직 조진석을 믿지 못하고 있다는 뜻이다.

조진석이 천호령 회장의 일을 겸하고 있으니 당연히 천유성 대표가 아니라 천호령 회장의 편에 설 거라는 마음이 담겨 있었다.

그리고 놈이 죽지 않는 이상 잡힐 거라는 말은 조진석에게 장일현을 죽이지 말라는 말이었다.

하지만 명확한 지시가 아니다.

아직 천호령 회장과 함께 일하고 있는 조진석을 계속해서 의심하며 한 말이었다.

조진석의 입에서 낮은 한숨이 흘러나왔다.

며칠 후.

장일현은 경기도 외곽의 한 허름한 여인숙의 방바닥에 누워 있었다.

수염이 덥수룩하게 나 있는 장일현은 머리를 긁적이며 멍하니 천장만 바라봤다.

그는 핸드폰을 꺼내 들었다.

비행기 모드가 된 핸드폰의 주소록에 들어가 하나씩 이름을 살펴보기 시작했다.

김석훈의 이름에서 장일현의 손이 멎었다.

전화를 해 볼까 말까 고민하던 장일현은 고개를 저었다.

김석훈은 믿을 수 없었다.

그의 손이 움직여 천하민의 이름에서 멈췄다.

"천하민이라⋯⋯."

감옥에 가지 않기 위해서는 제왕 그룹의 힘이 필요하다.

천하민이든 천유성이든 거래를 해야 했다.

하지만 아직은 상대에게 확실한 거래를 할 타이밍이 아니었다.

그의 손이 다시 움직였다.

그리고 김희우의 이름에서 멈췄다.

가장 믿을 수 없는 놈.

하지만 그렇기에 가장 믿을 수 있는 놈이다.

장일현은 자리에서 일어나 창밖을 바라봤다.

어두웠다.

잠시 후, 모자를 눌러쓴 장일현은 시장길을 걸었다.

늦은 밤이었기에 문을 연 점포는 보이지 않았다.

하지만 간간이 지나다니는 사람들은 눈에 보였다.

그들은 장일현에게 아무런 관심도 없었지만 쫓기는 신세였기에 긴장할 수밖에 없었다.

장일현은 사람이 보일 때마다 모자를 더 눌러쓰고 있었다.

공중전화 박스에 도착한 장일현은 주변을 살핀 후 안으로 들어갔다. 그리고 희우의 전화번호를 눌렀다.

―네, 여보세요?

희우의 목소리가 들려왔다.

"나다."

희우의 한숨 소리가 흘렀다.

―어딥니까?

"도와줄 수 있겠나? 나를 도와주면 천하민이 내게 지시한 음성 파일을 공유하지."

잠시 후, 희우는 장일현과 전화를 끊고 재킷을 꺼내 입었다.

소파에 앉아 텔레비전을 보고 있던 아내가 고개를 돌려 희우를 바라봤다.

"어디 가? 무슨 일 있어?"

희우가 슬쩍 웃었다.

"누가 좀 보자고 해서. 먼저 자고 있어. 금방 들어올게."

아내가 미간을 찌푸렸다.

"금방 들어온다면서 먼저 자고 있으라는 건 무슨 뜻이야?"

다음 날.

각 방송사의 모든 뉴스는 장일현의 실종을 비중 있게 보도하고 있었다.

며칠 동안 이어져 온 방송이었기에 신기할 것은 없었다.

하지만 대부분의 공중파에서는 비중 있게 다루는 것만으로 끝내는 반면, 소규모 인터넷 신문 등에서는 이번 실종이 계획된 것이며 이 계획에 천하민이 있지 않을까 하는 의혹을 품기도 했다.

사람들의 관심은 당연히 자극적인 기사로 향한다.

의혹은 소문이 되고 커진 소문을 잠재우기는 어렵다.

이름 없는 인터넷 신문사에서 시작된 음모는 점점 더 크게 부풀어 오르고 있었다.

그 시각, 상만은 김지임과 함께 한지현의 커피숍에 앉아 있었다.

핸드폰으로 뭔가를 읽고 있던 김지임이 시선을 들어 상만에게 향했다.

"상만 씨는 괜찮아요?"

커피를 마시고 있던 상만이 눈을 동그랗게 뜨고 김지임을 바라봤다.

"뭐가요?"

김지임은 낮게 한숨을 내쉬더니 말을 해야 하나 말아야 하나 고민하는 표정을 지었다.

상만이 말했다.

"하고 싶은 말이 있으면 하세요."

우물쭈물하던 김지임이 조심스레 입을 열었다.

"그러니까, 요즘에 뉴스 보면 매일 제왕 화학이 나오잖아요. 괜찮은 거죠?"

상만이 슬쩍 웃었다.

"전임자가 한 일이라 전 괜찮아요."

김지임이 다행이라는 표정으로 고개를 끄덕이자 상만이 짐짓 진지한 표정을 지으며 물었다.

"전 걱정하지 마세요. 지임 씨가 있는 이상 절대 위험한 일을 하지 않을 테니까요."

"부탁해요."

"그런데, 무슨 기사를 보고 그러는 거예요?"

상만의 말에 김지임이 고개를 저었다.

"기사는 아니고요."

그녀가 조심스레 핸드폰을 테이블에 올렸다.

상만이 그녀의 핸드폰을 받아 보고 있던 글을 읽었다.

천하민이 장일현을 이미 죽이고 어딘가에 숨겼다는 루머

였다.

김지임이 말했다.

"그런 글을 믿는 성격은 아닌데요. 아무래도 상만 씨가 연관되어 있으니까 쉽게 마음이 놓이지는 않아서요. 얼마 전에 그런 일도 있었고요."

얼마 전의 일이란 검은 양복 사건이다.

상만이 슬쩍 웃으며 고개를 끄덕였다.

"고마워요, 걱정해 줘서. 방금 말했던 것처럼 정말 위험한 일 같으면 안 할게요. 그리고 김희우 사장님 같은 경우 항상 말씀하시는 게 위험한 일에 나서지 말고 위험할 것 같으면 도망가라는 거거든요."

그때 상만의 핸드폰이 울렸다.

발신 번호를 확인하니 서도웅이었다.

상만이 미간을 찌푸리며 통화 버튼을 눌렀다.

"왜? 주말이잖아. 일 쉬는 날 아냐?"

─박상만 사장님만 주말이고요, 전 아닙니다. 어쨌든 즐거운 시간에 죄송합니다. 의원님이 잠깐 보자고 말씀하십니다.

"지금?"

─천천히 오셔도 괜찮답니다. 오실 때까지 기다리시겠답니다.

상만이 한숨을 내쉬었다.

"알았다."

그가 전화를 끊자 앞에 앉은 김지임이 살짝 웃으며 말했다.

"김희우 의원님이세요?"

"네? 네."

"가 봐야겠네요."

"아뇨, 천천히 와도 된다고 하니까 데이트 다 하고 가도 될 거예요."

김지임이 살짝 웃었다.

"그래도 벌써부터 가고 싶죠?"

"네? 아뇨."

희우가 부르면 다른 일 다 제쳐 두고 달려가는 상만이었다. 그걸 알고 있기에 김지임 비서는 장난스러운 표정으로 상만을 바라보며 다시 물었다.

"가고 싶죠?"

상만이 난처한 표정으로 앉아 있을 때, 희우의 의원 사무실에서 서도웅은 배를 잡고 좋아하고 있었다.

희우가 힐끗 고개를 돌려 서도웅을 보며 물었다.

"왜 그렇게 좋아하고 있어?"

"좋죠. 전 주말에도 나와서 일하는데, 박상만 사장은 연애하고 있었잖아요. 하하하하."

희우가 피식 웃었다.

"놀부 심보 가지고 있으면 안 좋아."

"넵! 오늘까지만 하고 앞으로는 안 하겠습니다."

그리고 잠시 후, 희우의 사무실 문이 삐걱 열렸다.

상만이 보였다.

서도웅이 달려가 상만을 격하게 반겼다.

"박상만 사장님, 안녕하십니까!"

하지만 서도웅의 표정은 금방 어두워졌다.

상만의 뒤에 김지임이 함께 왔기 때문이다.

서도웅의 표정을 보며 상만이 싱글벙글 웃었다.

"너, 지금 오늘 내 데이트 방해 성공했다고 좋아했지?"

서도웅이 고개를 저었다.

"아뇨! 절대 아닙니다. 하하."

"너, 딱 걸렸어."

하지만 희우가 밖으로 나오면서 그들의 대화는 계속 이어지지 못했다.

희우가 김지임에게 살짝 고개를 숙였다. 그리고 상만을 보며 입을 열었다.

"상만아, 잠깐 이야기 좀 하자. 지임 씨는 여기 계시겠어요?"

상만은 희우를 따라 희우의 방으로 들어갔다.

김지임은 서도웅이 있는 사무실의 소파에 앉아 상만이 나오기를 기다렸다.

탁, 문이 닫히는 소리가 들리며 상만이 능글맞게 웃었다.

"왜 그러세요?"

희우가 슬쩍 상만을 보며 어깨를 으쓱했다.

"뭐가?"

"도웅이한테도 비밀로 해야 할 이야긴가요?"

보통 이렇게까지 문단속을 하지 않는 희우였다.

그게 아니더라도 서도웅을 배려하기 위해 대부분의 이야기는 서도웅과 함께 이야기했다.

하지만 지금은 문까지 닫았다.

상만이 물끄러미 바라보자 희우가 가볍게 고개를 끄덕이며 소파를 가리켰다.

"짧게 말할 테니까 앉아."

"네? 네."

상만은 눈을 깜빡이며 소파에 앉았다.

희우가 입을 열었다.

"장일현이가 묵을 집 없나?"

상만의 눈이 튀어나올 듯 커졌다.

"장일현이요? 지금 수배령 떨어진 거 아녜요?"

희우가 머리를 긁적였다.

"맞아."

"찾았으면 검찰에 넘겨야지, 왜 숨을 곳을 알선해 주세요?"

"지금은 내가 숨겨 놓는 게 더 좋겠다는 생각을 했거든."

희우의 시선이 힐끗 테이블에 놓인 신문으로 향했다.

신문의 기사는 장일현의 실종에 대한 의혹으로 천하민 대표를 겨냥하고 있었다.

희우가 말을 이었다.

"천하민이 무너질 시간이 가까워진 것 같아."

"그럼 이제 균형이 깨지는 거네요."

희우가 고개를 끄덕였다.

"천유성은 자기가 후계자가 되겠다고 생각하겠지. 하지만 천호령 회장은 그 자리를 준비가 되지 않은 천유성에게 쉽게 넘겨주지 않을 거야. 천호령 회장의 눈엔 보이겠지, 천유성이 제왕 그룹을 손에 쥐는 순간 어떻게 될지. 그럼 자리를 보장받지 못한 천유성은 무슨 짓을 할까?"

"천호령 회장을 공격한다는 건가요?"

"그래, 자기들끼리 싸우고 볶고 난리가 날 거야."

Chapter 5

시원했던 바람은 언제 그랬냐는 듯 차갑게 바뀌었다.

어느덧 외투를 입어야 할 바람이 불어오고 있었다.

계절의 변화는 찰나라고 해도 믿을 만큼 한순간에 바뀌어
버렸다.

어둠이 짙게 깔릴 시간, 경기도 북부 지역의 주택단지 골
목은 가로등만이 흔들리고 있었다.

성인 남자 두 명이 나란히 걷기엔 어려워 보이는, 그래서
차량이 진입할 수 없는 좁은 골목이다.

그곳에 희우와 상만 그리고 모자를 푹 눌러쓴 장일현이 한
줄로 늘어서 걷고 있었다.

가장 앞서가는 상만의 바로 뒤에 바짝 붙어 걷던 희우가

말했다.

"아직 멀었어?"

"아뇨, 거의 다 왔어요."

상만은 가볍게 대답하며 걸음을 더욱 재촉했다.

제일 뒤에선 장일현이 고개를 숙이고 말없이 그들의 뒤를 따르고 있었다.

주변에 보이는 건물들은 모두 낡았다.

조금 과장되게 말하면 손으로 밀었을 때, 벽이 무너질 것 같은 느낌마저 들었다.

잠시 더 안으로 들어가자 지금까지 봤던 주택보다 더 허름한 벽과 대문이 눈에 들어왔다.

상만이 대문에 키를 꽂아 열며 말했다.

"여기예요."

기름칠이 덜 된 끼익거리는 소리가 들리며 문이 열렸다.

희우와 장일현은 상만을 따라 주택 안으로 들어가 안을 둘러봤다.

10평 정도의 마당에는 잡초가 무성했다.

하지만 생각 이상으로 단독주택의 상태는 괜찮았다. 창문이 깨진 곳도 보이지 않았고 페인트 칠이 심하게 벗겨진 곳도 보이지 않았다.

상만이 대문을 닫은 후 말했다.

"여기라면 편히 지낼 수 있을 거예요. 재개발 이야기가 나오는 지역이라 주변에 있는 집도 빈집이 많고요. 살고 있다고 해도 사연 있는 사람들이 많아서 서로 신경 쓰지 않아요."

희우가 장일현을 보며 말했다.

"여기라면 괜찮겠네요. 사람을 통해서 이쪽으로 음식과 기초 생활품을 보내도록 할게요."

장일현은 말없이 고개를 끄덕였다. 그리고 그저 집을 물끄러미 바라볼 뿐이다.

장일현의 입에서 쓴웃음이 흘러나왔다.

그는 불과 며칠 전까지 호화스러운 고급 아파트에서 살았다. 그런데 이제 이런 곳에서 몸을 숨기고 있어야 하니 씁쓸할 수밖에 없었다.

상만이 집으로 들어가는 문을 열며 장일현에게 말했다.

"전기랑 가스 모두 되니까 편히 사용하시면 됩니다."

잠시 후, 장일현은 집에 남았고 희우와 상만은 차를 향해 걸어가고 있었다.

상만이 물었다.

"장일현도 사장님의 생각을 알지 않을까요?"

"어떤 거? 내가 이용한다는 거?"

"네."

"알겠지. 그런데 지금 장일현도 나를 이용하고 있잖아."

상만이 고개를 끄덕였다.

"서로 이용하기 때문에 믿는 관계라니, 너무 삭막하네요."

상만의 말에 희우는 피식 웃었다.

장일현이 오래 숨어 있을수록 제왕 호텔 천하민 대표는 난처한 상황에 부딪히게 된다.

희우는 그 상황에서 제왕 백화점 천유성 대표가 천하민을 더 공격하기를 바라고 있었다.

그래서 균형이 완벽히 깨지기를 원하고 있었다.

깨진 균형이 만들어 내는 혼란 속에서 상대를 공격하기 위해서다.

장일현 역시 천하민 대표가 난처한 상황에 몰리는 걸 원했다.

천하민 대표가 구석으로 밀려날수록 장일현은 자신이 가진 녹음 파일을 이용해 유리한 조건에서 거래를 할 수 있기 때문이다.

장일현이 가지고 있는 녹음 파일은 천하민 대표가 모든 죄를 뒤집어씌우려는 내용뿐이다.

사람들의 관심이 쏠려 있지 않은 상황이라면 대수롭지 않게 농담으로 치부하며 넘어갈 수 있었다. 하지만 천하민 대표가 극단적으로 코너에 몰린 상황이 된다면 장일현이 가진 파일 하나가 치명적인 상처를 만들어 낼 수 있었다.

장일현은 그 상황을 기다렸다.

희우와 장일현은 같은 상황, 하지만 다른 목적을 가지고 있었다.

그래서 서로 믿지 못하는 사이였지만 필요한 일이 맞아떨어지며 손을 잡게 된 것이다.

골목을 거의 빠져나갔을 때, 희우가 상만에게 말했다.

"내가 시킨 대로 해 둔 거야?"

희우는 상만에게 장일현이 거주할 집 주변에 있는 빈집을 구할 수 있는 만큼 모두 빌리라고 지시했었다.

상만이 고개를 끄덕였다.

"네, 집 안 구석구석에 도청 장치도 숨겨 뒀고요. 주변의 집도 총 네 채 빌렸어요. 세가 잘 안 나가는지 무보증으로 계약했네요."

상만은 능글맞게 웃으며 품에서 계약서를 꺼내 희우에게 보였다.

희우가 말했다.

"도청 장치는 잘 숨겼어?"

"흥신소 애들이 그런 거 잘하잖아요. 탐지기를 가지고 있지 않은 이상 장일현은 절대 못 찾습니다."

며칠 전, 상만은 가스와 수도 그리고 전기를 다시 신청하며 도청 장치도 설치했다.

콘센트 안쪽 공간에 전기까지 연결하여 잘 숨겨 뒀기에 장일현이 찾기도 어려웠고, 집의 전기가 나가지 않는 한 계속

해서 상대를 도청할 수 있었다.

도청한 파일을 법정에서 증거로 사용할 수는 없다.

하지만 어떤 대화가 오갔는지 알고 있는 것과 모르고 있는 것의 차이는 크다. 이런 상황에서는 단 하나의 정보도 허투루 넘길 수 없었다.

희우는 상만이 꺼낸 계약서를 건네받으며 다시 물었다.

"장일현을 관찰하기 쉬운 곳은 몇 집이지?"

"다 비슷비슷해요. 그중에 두 집은 바로 앞집, 뒷집이라 더 잘 보이긴 하겠네요."

희우는 계약서를 대충 훑어보고 상만에게 다시 건넸다.

상만이 계약서를 품에 넣으며 희우에게 물었다.

"그런데 왜 다 빌려 놓으라고 한 거예요? 혹시 집 주변에서 사는 사람이 장일현을 신고할까 봐요? 에이, 그런 일은 없어요. 이곳에 있는 사람들은 대부분 사연이 있다니까요. 장일현인지도 모를 거고, 알아도 신고 안 할 겁니다."

희우는 슬쩍 웃었다.

"신고는 내가 해야지."

"네?"

상만은 희우가 무슨 말을 하는지 몰라 눈을 깜빡였다.

희우가 상만을 바라보다가 민수에게 전화를 걸었다.

"네, 선배. 어디 계세요?"

-역 근처지. 넌?

"지금 골목에서 빠져나가고 있습니다. 집은 총 네 곳을 빌렸는데요. 두 집은 관찰하기에 아주 수월하다고 합니다."

희우는 전화를 끊었다.

옆에 있던 상만이 멍하니 희우를 바라봤다.

"지금 뭐하신 거예요?"

"신고."

"누구한테요?"

"이민수 검사님께."

"왜요?"

"너, 범인은닉죄로 잡히지 말라고."

그 말에 상만의 눈이 튀어나올 듯 커졌다.

"네? 그게 무슨 말이에요? 범인은닉죄요?"

"너, 지금 장일현 숨겨 주고 있잖아. 범인은닉죄가 벌금이 500만 원 이하였나, 아니면 징역이었나? 나도 이제 법을 놓고 산 지가 오래되었더니 기억이 가물가물하네."

상만의 눈은 울 것 같았다.

"사장님, 저도 이제 결혼하고 싶어요."

희우는 슬쩍 미소 지었다. 더는 장난을 치면 안 될 것 같은 느낌이 들었다.

"그래, 그래서 은닉죄로 안 잡히려고 신고하는 거잖아."

그들이 골목에서 빠져나왔을 때, 덥수룩한 머리를 긁적이고 있는 민수가 보였다.

민수가 희우와 상만을 보며 반갑게 웃었다.

"오랜만!"

희우가 민수의 앞으로 다가서며 말했다.

"장일현을 잡아 두고 있으면 천하민이 어떤 식으로든 움직일 겁니다."

민수가 고개를 끄덕였다.

"제발 무리수를 뒀으면 좋겠는데, 그래야 우리 수사도 편하고 천하민도 감옥에서 편할 텐데."

상만은 희우가 민수를 부른 것이 이해가 안 되는지 멍하니 있을 뿐이었다.

희우가 그런 상만을 힐끔 보며 말했다.

"계약서 줘 봐."

"네? 네."

상만이 눈을 깜빡이며 계약서를 다시 꺼냈다.

희우가 계약서를 받아 민수에게 건넸다.

"주소 보고 가면 될 거예요. 도청도 설치해 뒀으니까 편하게 감시할 수 있을 겁니다."

"땡큐."

민수는 계약서를 들고 뒤에 서 있는 수사관들에게 향했다.

계약서에서 주소를 확인한 수사관들이 골목 안으로 들어갔을 때, 상만이 희우에게 물었다.

"도대체 뭐가 어떻게 된 거예요?"

어게인
마이라이프
SEASON2

"장일현을 미끼로 두는 거지."

"미끼요?"

희우는 더 이상 말하지 않고 슬쩍 웃을 뿐이었다.

며칠이 지났다.

언론은 천하민 대표와 장일현을 연관시키며 루머를 생성하고 있었다.

그 중심에는 천유성 대표가 존재했다.

그는 조진석에게 들은 중국 쪽 언론 사업을 통해 천하민 대표에 관한 소문을 소설과 같이 만들어 계속해서 흘리고 있었다.

열 개의 기사가 나갔지만 그중에서 진실은 단 하나일 뿐이다.

하지만 그 하나의 기사 때문에 사람들은 나머지 아홉 개의 거짓말을 믿고 있었다.

천유성 대표는 신문을 덮으며 만족한 듯 미소를 그렸다.

이제 조금만 더 있으면 천하민 대표는 끝나 버린다.

검찰을 비롯해 구설수에도 시달리는 천하민 대표가 다시 두 발을 딛고 일어서기란 어려운 일이라고 생각했다.

그럼 제왕 그룹의 회장 자리에는 천유성 대표가 앉게 된다.

천유성 대표가 테이블에 신문을 내려 뒀다.

그의 앞에는 조진석이 마주 앉아 있었다.

천유성 대표가 물었다.

"장일현을 찾았습니까?"

조진석이 고개를 저었다.

"아직 찾지 못했습니다. 사방으로 찾아보고 있지만 어렵습니다."

천유성 대표는 못마땅한 표정으로 고개를 끄덕였다.

"경찰도 못 찾고, 조진석 실장도 못 찾고, 제가 풀어 둔 사람들도 못 찾고 있습니다. 도대체 어디로 숨어 버린 걸까요?"

조진석은 작게 한숨을 내쉬었다.

"글쎄요, 장일현의 부모, 그리고 연락을 자주 했던 친구들의 주변에도 사람을 붙여 뒀지만 실마리도 찾을 수가 없습니다. 정말 땅으로 꺼져 버린 것 같습니다."

그 말에 천유성 대표가 툭툭 테이블을 손가락으로 치다가 장일현을 슬쩍 보며 물었다.

"죽었을까요?"

"죽었다면 자살은 아닐 겁니다. 그동안 조사한 바에 따르면 절대 혼자 죽을 놈은 아니라고 판단했습니다."

천유성 대표가 고개를 끄덕였다.

"그럼, 천하민이가 죽였을까요? 이렇게까지 나오지 않는 걸 보면 그럴 가능성도 크지 않습니까?"

조진석이 고개를 저었다.

"천하민 대표는 장일현이 빨리 잡혀서 해명하는 것이 더 유리할 겁니다. 지금 소문이 크게 부풀려지고 있으니까요."

천유성 대표가 눈을 작게 뜨고 낮은 목소리로 말했다.

"천하민이 장일현에게 어떤 약점을 잡혀 있다면 루머 정도야 한 귀로 듣고 한 귀로 흘리는 게 더 이득이 될 수 있지 않을까요? 전 '그래서 장일현이 이렇게 세상에 모습을 드러내지 않고 있으니까 천하민이 죽이지 않았을까?' 하는 생각마저 하고 있습니다."

"글쎄요."

조진석은 모호하게 대답할 뿐이었다.

아직 정해진 건 아무것도 없었기에 추측은 할 수 있지만 정의를 내릴 수는 없었다. 그리고 아무리 생각해도 이런 상황에서 천하민 대표가 장일현을 죽여 얻을 이득이 없었다.

조진석은 힐끔 천유성 대표를 바라봤다.

조진석의 입에서 낮은 한숨이 흘러나왔다.

'벌써 샴페인을 따고 있어.'

이미 자신이 왕이 된 듯한 표정이었다.

천하민에 관한 상황도 자신에게 유리한 쪽으로 해석하려 하고 있었다.

하지만 조진석은 지금 생각하고 있는 것에 대한 표정을 밖으로 내보이지 않았다.

조진석이 표정에 어떤 감정도 드러내지 않았지만 천유성

대표는 애매한 답변을 하는 그의 태도가 마음에 들지 않은 모양이었다.

그가 시선을 들어 슬쩍 조진석을 보더니 말했다.

"조진석 실장님, 내가 정말 궁금한 게 있어요."

"말씀하십시오."

천유성 대표는 물끄러미 조진석을 바라보며 손가락으로는 툭툭 테이블을 쳤다.

뭔가 말하기 껄끄러운 말을 하려는 듯 시간을 끌던 그가 입을 열었다.

"장일현을 잡으면 아버지에게 먼저 넘길 겁니까, 아니면 제게 넘길 겁니까?"

천유성 대표는 짧은 시간에 천호령 회장의 권력까지 넘보고 있었다.

조진석은 작게 한숨을 내쉬었다. 그리고 물끄러미 천유성 대표를 바라봤다.

조진석의 눈동자에 짧지만 많은 고민이 스쳐 지나갔다.

'간언을 해야 하는가, 아니면 모른 척해야 하나.'

옆에서 가장 위협이 되던 존재인 천하민 대표가 흔들리고 있으니 천유성 대표의 도를 넘는 자신감을 이해할 수 있었다.

하지만 더 나가면 안 된다.

자신감이 넘어서면 만용이 되고, 만용은 비극을 초래할 수도 있었다.

어게인
마이라이프
SEASON2

하지만 조진석은 천유성 대표에게 간언을 하지 않았다.

역사적으로 봐도 간언한 자의 결말 역시 좋지 않은 적이 많기 때문이다.

조진석이 말했다.

"장일현을 찾게 된다면 천유성 대표님께 보고한 후에 말씀하시는 방향으로 움직이도록 하겠습니다. 전 이미 회장님이 아닌 대표님을 모시도록 결정했으니까요."

천유성 대표가 고개를 저었다.

조진석을 바라보는 천유성 대표의 눈빛은 싸늘했다.

그가 천천히 입을 열었다.

"조진석 실장, 나는 조진석 실장의 말을 믿고 싶어요. 그런데, 전 그 말을 믿기가 어렵습니다."

"……."

"내가 처음에 조진석 실장에게 뭘 요구했죠? 난 아버지의 비리가 필요하다고 했습니다. 그 이유 중 하나로 조진석 실장의 각오를 보고 싶기 때문이라고 했지요."

조진석은 가볍게 고개를 끄덕였다.

"네, 그리고 대표님께선 정말 각오가 되었을 때, 움직이라고 말씀하셨습니다."

천유성 대표는 특유의 뱀눈을 통해 조진석 실장을 뚫어질 듯 바라봤다.

"그 각오가 아직 안 되었습니까?"

조진석은 순간 아무 말도 하지 못했다.

그저 물끄러미 천유성 대표를 바라볼 뿐이었다.

그의 표정을 보던 천유성 대표가 피식 웃었다.

피식 웃던 천유성 대표의 웃음소리가 점점 커지기 시작했다.

그리고 뚝, 얼굴에서 웃음기를 싹 지운 천유성 대표가 자리에서 일어서며 조진석에게 입을 열었다.

"내가 조진석 실장을 못 믿는다고 해서 너무 섭섭해하지 마세요. 조진석 실장은 아버지의 곁에서 수십 년을 지내 온 분입니다. 저와 손을 잡은 이 짧은 시간과 비교할 수 없지요. 그런데, 제가 어떻게 믿을 수 있겠습니까?"

천유성 대표가 천천히 조진석이 앉아 있는 옆으로 걸어갔다. 그리고 조진석을 완벽히 아랫사람 대하듯 어깨를 툭툭 치며 말했다.

"조진석 실장에게 묻고 싶네요. 내가 조진석 실장을 믿으려면 어떻게 해야 할까요?"

천유성 대표는 일부러 조진석을 자극하고 있었다.

조진석은 천유성 대표가 안하무인에 자신감에 차 있다고 생각했지만 아니었다.

천유성 대표는 지금 천하민 대표가 완벽하게 무너진 이후를 계획하는 중이었다.

천하민 대표가 없다고 해서 천호령 회장이 천유성 대표에게 순순히 후계 자리를 약속할까?

지금도 어디로 튈지 모르는 천호령 회장의 의중을 그때가 된다고 해서 예측할 수는 없었다.

어쩌면 더 좋지 않은 방향으로 흘러갈 수도 있었다.

그 상황에서 조진석이 어떤 움직임을 보일까?

계속해서 천유성 대표와 손을 잡고 있을까?

그것 역시 확답할 수 없었다.

왕좌에 앉기 직전에 조진석에게 뒤통수를 맞아 지금까지 걸어온 길을 망쳐 버리고 싶지는 않았다.

그래서 천유성 대표는 조진석을 저울질하는 중이었다.

천유성 대표가 어깨를 툭툭 치고 있자 조진석은 주먹을 꽉 쥐었다. 그리고 말했다.

"제가 비록 회장님의 비리를 가져오지는 못했지만 회장님의 말씀은 대표님께 그대로 전해 드렸습니다."

천유성 대표가 힐끔 조진석을 바라봤다.

심각한 표정으로 앉아 있는 조진석을 바라보는 천유성 대표의 입꼬리는 뒤틀린 채 미소 짓고 있었다.

천유성 대표가 입을 열었다.

"알아요. 알아. 다 알고 있지."

조진석이 고개를 돌려 천유성 대표를 보며 물었다.

"이번엔 제가 대표님께 여쭙겠습니다. 어떻게 하면 신임을 얻을 수 있겠습니까? 회장님의 비리를 가지고 오는 것은 쉬운 일이 아닙니다. 다른 걸 말씀해 주시면……."

그 말에 천유성 대표가 활짝 웃으며 말했다.

"천하민을 공격해 주세요. 방법은 뭐든 좋습니다."

"제가 언론사는 알려 드렸지 않습니까?"

"다른 게 필요합니다. 검찰을 더 적극적으로 움직이게 할 수 있는 게 없을까요?"

"……!"

조진석의 눈살이 찌푸려졌다.

조진석은 차량에 시동을 걸다가 작게 한숨을 내쉬었다.

천유성 대표의 행동이 마음에 들지 않았다.

처음, 조진석이 천유성 대표와 손잡게 되었을 때, 그때 천유성 대표는 조진석을 대접해 주는 행동을 보였다.

물론 간혹 안하무인의 행동이 보이긴 했지만 이 정도는 아니었다.

지금은 명백한 하대다.

천호령 회장도 조진석을 이 정도로 취급하지는 않았다.

조진석은 입을 꽉 깨물었다.

아니꼽고 기분 나쁘지만 참아야 했다.

지금 화가 난다고 해서 잡았던 천유성 대표의 손을 뿌리치고 다시 천호령 회장의 바짓가랑이만 붙잡고 있을 수는 없었다.

천호령 회장은 나이도 많고 병을 앓고 있다.

언제 세상을 떠날지 알 수 없다.

천호령 회장이 조진석의 미래를 책임지지는 못한다.

그건 확실했다.

하지만 조진석의 아래에는 많은 부하들이 있었고, 그에게는 그 부하들의 배를 채워 줘야 할 의무가 있었다.

그랬기에 조진석은 천호령 회장이 갑작스레 세상을 떠나게 된 이후를 계획할 수밖에 없었다.

조진석에게는 그 계획 중 하나가 천유성 대표의 옆에 붙어 있는 것이었다.

⚜

천유성 대표는 창가에 서서 밖을 바라보고 있었다.

그의 뱀눈은 그 어느 때보다 차가웠다.

팔짱을 끼고 세상을 바라보던 그가 몸을 돌려 책상으로 걸어갔다.

대표이사실에는 그의 걸음 소리만이 뚜벅뚜벅 들릴 뿐이었다.

책상 앞에서 멈춰 선 천유성 대표는 핸드폰을 들어 올려 진규학 의원에게 전화를 걸었다.

"진규학 의원, 천유성입니다."

-네, 대표님. 말씀하십시오.

"조진석이가 가진 조직에 대해 조사는 좀 해 보셨습니까?"

-아무래도 회장님의 손이 닿아서 그런지 상당히 복잡합니다. 실체를 파악하기가 어렵습니다.

"그럼, 그 조직에서 조진석의 바로 아랫놈이나 조진석이 사라졌을 경우 조직을 이끌 만한 놈을 찾을 수는 있겠습니까?"

2인자를 찾는다는 말이었다.

진규학 의원이 대답했다.

-네, 그건 어렵지 않습니다.

"조진석에게 불만이 많은 놈으로 찾아 주십시오. 조진석이 알 수 없도록 한번 만나 보고 싶습니다."

-알겠습니다.

천유성 대표는 전화를 끊었다. 그의 입꼬리가 말려 올라갔다. 그가 낮은 목소리로 말했다.

"조진석 실장, 난 당신이 무슨 짓을 해도 끝까지 믿을 수 없을 것 같네요."

그 시각, 진규학 국회의원 사무실.

진규학 의원은 방금 천유성 대표와 통화를 종료한 핸드폰을 책상 위에 올려 뒀다.

진규학 의원의 입꼬리가 천천히 말려 올라갔다.

"불만이 많은 2인자를 찾으라고?"

진규학 의원이 큰 소리로 웃기 시작했다.

천유성 대표의 그 말은 조진석과 함께 가지 않겠다는 소리다. 이는 달리 말하면 제왕 그룹 회장에 앉기 전에 조진석을 끌어내리겠다는 뜻이기도 했다.

진규학 의원은 조진석을 좋아하지 않았다.

의자에 등을 기대고 짙은 미소를 입에 담고 있는 진규학 의원의 귓가에 조진석의 목소리가 들리는 것 같았다.

진규학 의원과 조진석이 마주 앉았을 때다.

조진석이 진규학 의원에게 말했다.

－당신이 왜 회장님의 바로 옆에서 일을 못하는지 압니까? 당신은 질문이 많아요. 진규학 의원이 언제부터 생각을 하고 살았다고 그러는 겁니까? 그러니까 그냥 개처럼 일하세요. 개는 생각하지 않습니다. 앉으라 하면 앉고, 서라 하면 섭니다.

지금 생각해도 자존심 상하고 화가 나는 말이었다.

그때의 기억을 떠올린 진규학 의원이 낮은 목소리로 중얼거렸다.

"조진석, 네가 죽을 때가 되었구나."

생각만 해도 즐거운 일이었다.

그가 다시 입을 열었다.

"깡패 새끼의 끝이 뻔하지, 뭐."

진규학 의원은 콧노래를 부르며 의자에 등을 기대고선 천장을 바라봤다.

며칠이 지났다.

희우는 김석훈과 앉아 있었다.

김석훈이 술잔을 채우며 말했다.

"장일현이는 어디에 숨겼지?"

희우가 눈동자만 올려 김석훈을 바라봤다.

"장일현에 관해선 신경 쓰지 않겠다고 말했던 것 같은데요."

"내가 말한 건 자네가 장일현을 죽이든 살리든 상관하지 않겠다고 한 말이지. 그놈이 어디에 숨어 있는지 궁금한 사람의 심리는 어쩔 수 없는 거 아닌가?"

희우가 어깨를 으쓱했다.

"어쨌든 저는 모르겠습니다. 장일현을 찾아서 정말 내가 숨긴다고 해도 김석훈 의원님께 알리진 않을 겁니다. 이 일에 관해서 정보를 공유하기로 약속하지는 않았으니까요."

"그래? 그럼, 그렇게 하도록 해."

김석훈은 대수롭지 않게 말하며 슬쩍 미소를 지었다. 그리

어게인
마이라이프
SEASON2

고 술잔을 들어 입에 댔다.

그를 물끄러미 보던 희우가 물었다.

"천하민은 요즘 어떻게 지내고 있습니까?"

"글쎄, 나도 천하민에 관해선 들은 이야기뿐이라. 하지만 분명한 것은 지금 정신을 차리지 못하고 있는 것 같아."

여기까지 이야기한 김석훈은 더 이상 말하지 않고 다시 잔에 술을 채웠다.

그리고 한 잔, 두 잔, 그는 연속해서 술을 마셨다.

연거푸 술을 마시는 김석훈을 보던 희우가 슬쩍 웃으며 물었다.

"중요한 이야기 할 게 있나요? 오늘 술을 꽤 많이 드시는 것 같습니다."

김석훈이 고개를 끄덕였다.

"그래."

"……."

김석훈의 표정은 무거웠다.

희우는 가만히 김석훈이 할 말을 기다렸다.

다시 잔을 채워 술을 마신 김석훈이 천천히 입을 열었다.

"내가 예전에 천호령 회장의 USB에 관해 이야기한 적 있지?"

희우가 고개를 끄덕였다.

"네, 있습니다."

잠시 희우의 눈앞에 옛 기억이 떠올랐다.

당시 김석훈이 희우에게 말했었다.

ㅡ천호령 회장에게 USB가 있어. 그 안에 우리나라를 뒤집을 수 있는 내용이 들어 있다고 하거든. 나에게 당당히 내밀었는데, 나는 보지 못했어. 자네는 볼 수 있을까?

그 기억을 떠올리고 있을 때, 김석훈이 다시 잔을 채우며 물었다.

"같은 말을 물어보지. 자네는 그 USB가 눈앞에 있다면 상관하지 않고 볼 수 있을 거라고 생각하나?"

희우는 고개를 끄덕였다.

그때와 지금의 생각은 같았다.

"볼 수 있습니다."

김석훈의 입꼬리가 살짝 말려 올라갔다. 그가 말했다.

"그 USB를 손에 쥘 방법이 있을 것 같아."

"……!"

"하지만 위험한 방법이지. 도전해 보고 싶지 않나?"

"방법을 먼저 들어 보고 싶네요."

"장일현의 소재를 내게 알려 줘."

"전 모른다니까요."

김석훈이 피식 웃었다. 그리고 입을 열었다.

"희우야."

다정한 목소리였다.

희우는 눈을 작게 뜨고 김석훈을 바라봤다.

김석훈이 작지만 강한 목소리로 말했다.

"너와 장일현 모두 어릴 때부터 봐 왔어. 너희가 어떤 행동을 할지 내가 모를 거라고 생각했다면 섭섭해. 넌 장일현을 숨겨 주고 있어."

김석훈의 말에 희우가 어이없다는 듯 고개를 저었다.

"김석훈 의원님보다 더 어릴 때부터 저를 지켜봐 온 부모님도 그런 말씀을 안 하시는데요"

희우는 그렇게 말하곤 자신의 앞에 놓인 잔에 술을 채우며 말했다.

"장일현의 소재가 궁금하면 먼저 패를 까세요. 난 그 패 안 봐도 그만입니다."

"……."

"김석훈 의원님이 깐 패가 매력적이면 장일현이 지구 반대편에 숨어 있다고 해도 찾아올 테니까 걱정하지 마시고요."

미간을 찌푸리고 있는 김석훈을 보며 희우가 살짝 웃었다. 그리고 말을 이었다.

"뭐하시죠? 어서 패를 펼쳐 보세요."

김석훈이 고개를 저었다.

"그래, 내가 먼저 이야기하도록 하지. 난 천시현을 이용할 거야."

"천시현요?"

"나는 지금 천시현에게 천하민과 손잡고 그를 이용하는 법을 가르치고 있어."

김석훈과 천시현의 시작은 가벼운 조언이었다.

하지만 천시현은 김석훈의 조언이 마치 용한 무속인에게 이야기를 듣는 것처럼 여기기 시작했다. 그리고 조금씩 김석훈의 말에 따라 움직이다가 이제는 가벼운 조언을 듣는 것을 넘어 거의 전부를 의존하고 있었다.

최근 천시현이 천하민 대표의 장일현 살해 계획을 희우에게 알리며 일을 망쳐 버린 이후, 그 의존도는 더 커지고 있었다.

희우가 살짝 웃었다.

"사이비 종교처럼 사람의 약한 마음을 파고들었군요."

김석훈이 피식 미소 지었다. 그리고 말했다.

"난 그동안 천시현에게 어떤 대가를 요구한 적이 없어. 하지만 이번엔 성의를 보이라는 말을 전할 거야."

"그게 USB인가요?"

김석훈이 고개를 끄덕였다.

"그래, 그게 USB야. 하지만 문제가 있어. 천시현이 아무리 나에게 의존하고 있다 해도 천호령 회장의 물건을 가지고 오는 일이야. 그 정도로 큰 거래를 할 때는 비슷하게 교환할 무엇이 있어야 해."

희우가 고개를 끄덕였다.

김석훈이 계속 말했다.

"지금 천하민이는 궁지에 몰리고 있어. 어떻게든 벗어나고 싶을 거야. 천하민에게 필요한 게 뭘까? 당연히 장일현이지. 장일현을 통해 지금 세상에 있는 구설수를 지워 버리고 싶을 거야."

희우는 김석훈의 말에 가만히 귀를 기울였다.

김석훈이 계속 말을 이었다.

"처음엔 천시현이 아니라 바로 천하민에게 장일현을 갖다 주고 거래를 해 볼까 하고 생각을 해 봤어."

희우가 고개를 저었다.

"천하민과 거래하면 받을 수 있는 건 기껏해야 돈 몇 푼일 겁니다."

김석훈이 미소를 그리며 고개를 끄덕였다.

"그래, 나도 그렇게 생각해. 하지만 천시현은 천하민의 마음속 깊숙이 발을 들여놓고 있어. 그리고 천하민이 가진 모든 것을 빼앗고 싶어 하지. 천시현에게 있어서 장일현은 천하민과 거래할 수 있는 최상의 물건이야."

"……."

"천시현은 천하민과 거래하기 위해서 천호령 회장의 방도 뒤질 사람이지."

희우가 고개를 끄덕였다.

"천시현이 가진 김석훈 의원님에 대한 믿음, 천시현이 가진 삐뚤어진 욕망. 그걸 이용하는 것이군요."

김석훈의 입가에 잔혹한 미소가 걸렸다. 그리고 말했다.

"자, 내가 가진 패는 펼쳤어. 이제 자네가 가진 패를 깔 차례야. 장일현 어딨지?"

제왕 호텔 대표이사실.

천하민 대표는 방을 서성이고 있었다.

경찰과 검찰, 아버지까지 모두 나섰지만 어디로 숨었는지 장일현의 코빼기도 찾지 못하고 있었다.

천하민 대표의 입에서 깊은 한숨이 흘러나왔다.

그의 머릿속은 무척 복잡했다.

장일현이 검찰에 잡히지 않고 도망간 것은 좋았다.

만약 잡혔다면 자신의 음성 파일이 공개되었을 수도 있기 때문이다.

하지만 지금 이 상황은 또 마음에 들지 않았다.

놈이 만약 천유성 대표와 거래를 한다면 상황은 더 최악이 될 수 있기 때문이다.

그렇다고 해서 지금 장일현을 찾아 죽일 수도 없었다.

여론이 시끄러운 상황에서 장일현이 모습을 드러내지 않으면 상황은 더 안 좋게 흘러갈 수 있었다.

지금 천하민 대표에게 남은 카드는 누구보다 빨리 장일현을 찾아 협상하는 것뿐이었다.

천하민 대표로서는 답답할 수밖에 없었다.

신문 기사 등 언론에서 장일현과 천하민 대표를 주인공으로 한 소설이 계속해서 만들어지고 있었다.

천하민 대표가 증거 인멸을 위해 장일현을 죽였다는 말은 양반이다.

더 잔인하고 끔찍한, 영화 속에서도 찾아보기 힘든 이야기들이 공공연히 사실처럼 흘러나오고 있었다.

천하민 대표의 입에서 낮은 한숨이 새어 나왔다.

문제는 루머가 아니었다. 그 루머로 인해 여론이 형성되고 움직이는 것이었다.

검찰이 여론에 등이 떠밀린다면 지금 제왕 화학에서 멈춰 있는 수사가 순서를 바꿔 제왕 호텔로 치고 올라갈 가능성이 컸다.

그게 문제였다.

천하민 대표는 그 전에 장일현을 찾아 협상하고 꼬리를 잘라 내기를 바라고 있었다.

그때 문이 열리고 천시현이 안으로 들어왔다.

그녀를 본 천하민 대표의 이맛살이 찌푸려졌다.

장일현을 죽이라는 조언을 한 게 그녀였다.

단지 장일현이 검찰을 피해 도망간 상태인데도 이 정도로 말이 많고 시끄러웠다.

하지만 지금은 장일현을 찾아내 거래할 수 있다는 희망이 있었다.

만약 장일현을 죽였다면 거래라는 희망조차 품지 못하고 검찰의 수사가 다가오기만을 기다리고 앉아 있을 것이었다.

그래서 천하민 대표는 그런 조언을 한 천시현이 마음에 들지 않았다.

물론 천하민 대표는 지금 이런 악성 루머를 만들어 내고 있는 사람이 그의 형인 천유성 대표가 고용한 신문사라는 건 전혀 모르고 있었다.

천유성 대표가 고용한 신문사가 아니었다면 상황은 이 정도로 악화하지 않았을 것이다.

천하민 대표가 날 선 목소리로 말했다.

"무슨 일이야?"

천시현은 천하민 대표의 태도를 신경 쓰지 않고 소파로 걸어가 앉았다.

"혹시 이 상황을 벗어날 방법을 찾고 있지 않나요?"

천하민 대표의 미간이 더욱 찌푸려졌다.

"네가 지난번에 장일현을 죽이라고 했지? 만약 장일현이 죽었다면 어떻게 되었을 것 같아? 지금 이 상황은 더 최악으로 가고 있을 거야. 그런 말을 했던 멍청한 너와 또 계획을 짜라고? 난 미치지 않았으니, 그만 나가 봐."

싸늘한 목소리가 이어졌지만 천시현은 상관하지 않는다는 듯 자신의 손톱을 바라보며 말했다.

"그때 장일현이 죽었다면 아버지가 알아서 해 줬겠죠. 아버지가 움직이는데 이런 상황까지 왔겠어요? 언론은 진작에 통제했을 텐데요?"

천하민 대표가 입을 꽉 다물었다.

생각해 보면 천시현의 말이 맞기 때문이다.

천시현이 말했다.

"아버지는 오빠들이 더 강해지기를 원하세요. 지금 이 상황도 해결해 줄 수 있지만 가만히 보고 계신 게 아닐까 하는데요."

천하민 대표가 한숨을 내쉬었다.

"그럴 수도 있겠지."

천시현이 손톱에서 시선을 떼고 천하민을 보며 말했다.

"장일현을 잡아서 자기가 모든 비리를 저질렀다는 걸 말하면 되지 않나요?"

천하민이 어이없다는 눈으로 천시현을 바라봤다.

지금 그녀가 한 말은 누구나 할 수 있는 말이었다.

장일현을 잡아 협상 후에 검찰에 넘기면 다 해결된다는 걸 몰라서 안 하는 게 아니라 어디 숨어 있는지 모르기에 못 하는 것이었다.

천하민 대표가 한숨을 내쉴 때, 천시현이 말했다.

"내가 장일현을 잡아 오면 뭘 해 줄래요?"

"……!"

"방송국하고 보험 줄 수 있어요?"

천하민 대표가 미간을 찌푸리며 그녀를 바라봤다.

태도를 보고 있으니 뭔가 알고 있는 것 같았다.

천하민 대표가 화를 꾹 눌러 참으며 말했다.

"방송국? 생명?"

천시현이 해맑게 미소 지으며 고개를 끄덕였다.

"네, 방송국하고 생명요. 알잖아요? 나 어릴 때부터 연예인 같은 거 좋아했는데. 이번 기회에 방송국 경영 잘해 보고 싶어요."

"연예인 좋아한다고 경영 잘할 수 있는 게 아니잖아. 그리고 아버지가 너에게 경영 쪽에는 절대 손대지 말라고 한 거 잊었어?"

천시현이 입꼬리를 말아 올렸다.

"오빠 나이가 오십이고 내 나이가 마흔이 다 되어 가요. 그런데 언제까지 아빠 말 잘 듣는 착한 아이로 남아 있을 거죠? 알았어요. 그렇게 해요. 오빠는 아빠 말 잘 듣는 착한 아이로 남아 있다가 장일현 때문에 감옥에 다녀오면 되겠네요. 그럼 그룹은 둘째 오빠가 갖겠죠?"

천하민 대표가 한숨을 내쉬었다. 그리고 큰 결심을 한 듯 무거운 목소리로 말했다.

"방송국하고 생명을 준다고 하면 장일현을 잡아다가 내 앞에 앉힐 수 있어?"

"노력은 해 볼게요."

천시현은 붉은 입술을 말아 올리며 활짝 웃었다.

⚜

제왕 호텔 주차장에서 차량 한 대가 빠져나왔다.

안에는 천시현이 타고 있었다.

그녀는 한 손으로 운전하며 다른 손으로 담배를 입에 물었다.

곧 뿌연 연기가 뿜어져 나왔다.

그녀는 담배를 입에 문 채 핸드폰을 손에 들고 김석훈에게 전화를 걸었다.

"나예요."

-말했나?

"네, 말했어요. 천하민이 바로 좋다고 하던데요? 역시 김석훈 의원님의 말대로 하면 꼼짝을 못해요. 그건 그렇고 장일현을 우리가 먼저 찾아야 하는데, 어떻게 해야 하나요? 검찰도 못 찾고 아버지도 못 찾는 걸 우리가 찾을 수 있을까요?"

-그건 차차 이야기하도록 하지. 그런데 운전 중인가?

"네, 운전 중이에요."

-위험하니까, 나중에 전화하도록 해.

그 말에 천시현이 깔깔 대며 웃기 시작했다.

"내가 전화하다가 경찰한테 잡힐까 봐 걱정하는 건가요? 벌금이 무서울까 봐? 내가 돈이 없어도 벌금을 무서워하지는 않네요."

물론 그녀가 말하는 돈이 없다는 것은 천유성이나 천하민에 비했을 때였다. 그녀는 결코 돈이 없지 않았다.

김석훈이 말했다.

─운전 다 하면 전화하도록.

뚝.

전화가 끊겼다.

천시현은 다시 깔깔대며 웃기 시작했다.

벌금 때문에 법을 지키고 사는 사람은 그녀가 보기에 벌레 같은 존재였기 때문이다.

그 시각.

경기도 북부의 재개발 계획이 있는 주택가.

장일현이 있는 집을 지켜보는 경찰들이 있었다.

한 경찰이 입에 담배를 물며 말했다.

"독한 놈이야. 며칠 동안 밖으로 한 번을 안 나오고 있어."

"죽은 건 아니겠죠?"

문이 모두 닫혀 있기에 충분히 의심할 수 있는 일이었다.

하지만 후배 경찰의 질문에 담배를 문 경찰이 고개를 저으며 말했다.

"도청기로 들어 보면 가끔 김희우 의원하고 통화한다잖아. 김희우가 죽은 사람이랑 전화하겠냐?"

"그건 좀 으스스하네요."

장일현의 집과 조금 떨어져 있었기에 자유롭게 말을 하는 건 괜찮았다. 장일현의 집에서 시선만 떼지 않으면 뭐든 상관없었다.

그때 담배를 문 경찰이 말했다.

"김희우 의원 왔다. 보고해."

후배 경찰이 고개를 끄덕이며 어디론가 전화를 걸었다.

희우는 장일현이 숨어 있는 집 앞에 섰다.

양손에는 뭔가가 가득 찬 비닐봉지를 들고 있었다.

장일현을 안심시키기 위해 약속된 횟수만큼 문을 두들기고 안으로 들어갔다.

집 안으로 들어간 희우는 미간을 찌푸렸다.

창문을 열어 환기시키지 않은 집 안에서 좋지 않은 냄새가 났기 때문이다.

희우가 장일현에게 말했다.

"문 좀 열어 두고 있지 그랬어요."

장일현은 대답하지 않았다. 그는 방구석에 누워 핸드폰으로 기사를 보고 있었다. 자신에 관한 기사였다.

방에는 희우가 갖다 준 태블릿 PC가 하나 있었는데, 태블릿 PC로는 뉴스 전문 방송을 틀어 놨고 핸드폰으론 계속해서 기사를 보는 게 장일현이 하는 유일한 일이었다.

장일현이 여전히 누운 채로 고개만 돌려 희우를 보며 말했다.

"여론이 이렇게 불리하게 가고 있는데, 천하민이 너무 여유로운 거 아냐?"

천하민 대표의 심리 상태는 불안했다.

하지만 이 두 사람이 원하는 것은 천하민 대표의 심리 상태가 아니라 그가 저지를 무리수였다.

희우가 환기시키기 위해 창문을 열며 답했다.

"조만간 무리수를 던질 것 같아요. 지금 불안한 마음에 가만히 있지를 못한다고 하더라고요."

희우는 말을 하면서 힐끗 경찰들이 숨어 있는 집을 확인했다.

정면에 있는 3층 집이다.

햇빛 때문에 3층 집에 경찰이 있는지 보이진 않았지만 아마 확실히 감시하고 있을 게 확실했다.

희우는 창문을 조금 더 활짝 열어 위에서도 장일현이 보일 수 있도록 공간을 만들었다.

하지만 장일현은 전혀 모르고 있었다.

장일현이 다시 핸드폰으로 시선을 돌리며 희우에게 물었다.

"천하민이한테 언제쯤 연락해야 너와 나 둘 다에게 이득이 될까?"

"며칠만 더 지나면 뜸은 충분히 들였다고 보는데요. 무리수를 둘 수밖에 없을 겁니다."

장일현이 고개를 끄덕이며 말했다.

"그래, 나도 그 시기가 가까워졌다는 건 알겠는데, 종일 집에만 박혀 있으려니 답답하네."

"환기 안 시켜서 그래요."

"이틀 후까진 서로 뒤통수 치기 없도록 하자."

희우가 슬쩍 웃으며 고개를 끄덕였다.

"어차피 천하민과 거래하고 자수할 생각 아니었습니까?"

"그래. 도망치면서 살 수는 없고 천하민이 도와준다고 하면 기껏해야 집행유예 아니겠어?"

"알겠습니다. 그때까지는 뒤통수는 치지 않겠습니다. 천하민과 마음껏 거래하십시오."

그날 밤, 희우는 김석훈과 마주 앉아 있었다.

김석훈과 천시현이 자주 만나 술을 마시는 바였다.

희우가 잔을 들어 입에 댄 후 말했다.

"장일현이 며칠 내로 천하민과 어떤 거래를 할 것 같습니다."

김석훈이 고개를 끄덕였다.

"천하민을 더 구석으로 몰아넣어야겠어. 궁지에 몰리면 몰릴수록 발버둥을 칠 거야. 장일현이 내민 손을 잡을 수밖에 없겠지."

"생각이 통한 것 같군요. 그렇게 하죠. 저는 천유성을 이용해서 계속 압박하도록 하겠습니다."

"나는 정치권을 움직여 보지."

두 사람은 잔을 들어 부딪혔다.

두 사람의 입꼬리가 말려 올라가고 있었다.

김석훈이 빈 잔을 내려 두며 말했다.

"그런데, 그 뒤는 생각해 두고 있나?"

"그 뒤라뇨?"

"천하민이 사라진 후. 천유성이 혼자 남았을 때의 일. 내가 듣기로 천유성은 벌써부터 자기가 제왕 그룹의 주인이 된 것처럼 행동한다고 하던데?"

희우가 슬쩍 미소 지었다.

"몇 가지 생각은 해 두고 있습니다. 하지만 천유성보다는 천호령 회장이 어떻게 움직일지를 지켜봐야죠. 천호령 회장이 천유성에게 힘을 밀어줄지, 아니면 다른 선택을 할지 모르니까요."

김석훈이 빈 잔에 술을 따르며 말을 이었다.

"하나 궁금한 게 생겼어. 천호령 회장은 왜 천시현에게 아무것도 주지 않으려고 하는 걸까? 단지 여자라서? 그렇게 꽉 막힌 노인네는 아닌 것 같았는데."

"글쎄요. 전 천시현에 대해 잘 몰라서 뭐라 말씀드릴 수가 없네요."

"천호령 회장이 천시현을 좋아하지는 않는 것 같아. 그런데, 신기하게도 집에서 함께 살고 있어."

희우의 눈이 작게 떠졌다.

김석훈이 말을 이었다.

"천시현에게 다른 집이 있기는 해. 아마 남편과 살았던 신혼집이겠지. 하지만 그 집을 사용하는 건 술에 만취했거나 또는 무슨 일이 있을 때만이야. 천시현은 평소엔 천호령 회장의 자택에서 머무르고 있어."

"그게 이상한 일이 있나요? 재벌이라는 단어를 빼고 나면 부녀지간일 뿐인데요."

김석훈이 고개를 저었다.

"한번 궁금해서 천시현에게 물어본 적이 있어. 천호령 회장님의 자택에 다른 형제들의 방이 아직 보존되어 있는지 말이야. 뭐라고 대답했는지 알아?"

"……."

"자신의 방만 그대로 있다더군. 다른 형제들의 방은 치워 버렸다는 거야. 천호령 회장이 자기 자식 중에 함께 사는 유일한 사람이 천시현이라는 거지."

희우의 눈이 더욱 작게 떠졌고 김석훈은 즐거운 듯 말을 이었다.

"데리고 살기는 하지만 경영권에 대한 것은 아무것도 줄 수 없다는 것. 웃기지 않아?"

희우가 잔을 들어 술을 마신 후 물었다.

"천시현이 천호령 회장과 함께 산 것이 언제부터입니까?"

"남편이 실종되었을 무렵이라고 들었어."

"정확히는 모르나요?"

"글쎄, 그 기간에 대해선 천시현도 제대로 알지 못해. 남편이 실종되었을 무렵엔 혼자 이곳저곳으로 여행을 다녔다고 하더군."

희우는 술잔을 들었다.

"정말로 궁금해지네요."

김석훈이 잔을 들며 슬쩍 미소 지었다.

두 사람의 잔이 다시 부딪혔다.

술을 마신 김석훈이 희우에게 말했다.

"반대편에 있는 젊은 애들 보이지?"

그 말에 희우가 눈동자만 움직여 확인했다.

20대 초반의 남자가 반 나체의 여자들과 함께 술을 마시고 있었다.

김석훈이 말했다.

"대통령 아들내미래."

"……!"

"하도 행실이 좋지 않아서 대통령이 쉬쉬하며 숨기는 중인가 봐."

희우는 대통령의 아들이라는 자가 마시고 있는 술을 힐끗 확인했다. 그리고 김석훈에게 말했다.

"비싼 술 먹네요."

"저게 이 바에서 만나자고 한 이유야. 저놈이 노는 걸 보여 주고 싶었거든."

그 시각.

천호령 회장의 서재.

텔레비전에선 뉴스가 나오고 있었다.

천호령 회장은 눈살을 찌푸린 채 뉴스를 노려봤다.

─검찰은 제왕 화확 전 대표인 장일현 씨의 행방불명으로 인해 관련 의혹 증명이 불투명해지고 있지만 제왕 화학을 넘어 제왕 호텔 천하민 대표까지 반드시 조사하겠다는 '끝장 수사' 의지를 불태우고 있습니다.

화면에서는 제왕 호텔로 들어가는 천하민 대표의 차량에

개미 떼처럼 달라붙은 기자들이 나오고 있었다.

이어서 민수의 얼굴이 화면에 나왔다.

브리핑을 하는 장면이었다.

─대검찰청 이민수 검사입니다. 검찰은 제왕 화학과 제왕 호텔에 관련한 하나의 소문도 허투루 지나치 않고 조사에 임하고 있습니다. 이번 의혹을 낱낱이 파헤쳐 국가적으로 법의 공정한 집행이 이뤄질 수 있도록 노력하겠습니다.

여기까지 말한 민수가 들고 있던 서류를 뒤집어엎었다.

그 행동은 브리핑에 약속되어 있던 말 외에 다른 돌발적으로 다른 이야기를 전한다는 뜻이다.

민수의 입가에 묘한 미소가 걸리는 순간 기자들의 플래시가 터지기 시작했다.

민수가 카메라에 입을 가까이 대고 입을 열었다.

─이거 비밀인데요. 수사는 거의 끝으로 달려가고 있습니다.

기자들의 플래시가 다시 터져 올랐다.

한 기자가 물었다.

─지금 그 말씀은 제왕 호텔 천하민 대표에 관한 혐의를 입증할 수 있

다는 겁니까?

민수가 고개를 끄덕였다.

-네.

짧은 대답.
하지만 많은 의미가 내포되어 있었다.
천호령 회장은 거칠게 리모컨을 들어 올렸다.
삑!
민수의 얼굴이 나오던 텔레비전의 화면이 꺼졌다.
천호령 회장의 얼굴은 화가 났는지 붉게 물들어 있었다.
그가 한숨을 내쉬며 고개를 저었다.
이것은 천호령 회장이 생각한 그림이 아니었다.
천호령 회장이 세운 계획에 미세하게 금이 가고 있었다.
지금은 별것 아닌 것처럼 보이지만 가만 놔두다 보면 전부
어긋나 버릴 것이다.
한숨을 내쉰 천호령 회장은 눈을 작게 뜨고 깊은 생각에
빠지고 있었다.
언론의 태도와 검찰의 방향은 예측했었다.
하지만 저 이민수라는 검사의 돌발 행동은 작은 파문을 만
들어 내고 있었다. 그리고 천호령 회장은 이민수의 뒤에 희

우가 있다는 걸 알고 있었다.

⚜

　신문, 인터넷 기사, 텔레비전 뉴스.
　어느 곳이든 제왕 그룹 천하민 대표의 이름으로 도배되어 있었다. 혐의는 탈세와 장부 조작, 비자금 등이었다.
　하지만 혐의일 뿐이었다.
　장일현이 잡혀야 본격적으로 수사에 박차를 가할 수 있었다.
　장일현이 모든 비밀을 떠안고 숨어 버린 상황에선 천하민 대표에게 죄가 있다고 말할 수는 없었다.
　하지만 여론은 이미 확정 짓고 천하민 대표에게 손가락질했다. 심지어 천하민 대표의 이름이 하도 커지다 보니 구속되어 재판을 기다리고 있는 천하 그룹 김용준 회장의 이름은 사람들의 기억 속에서 사라지고 있었다.
　천하민 대표는 대표이사실을 서성거렸다.
　그의 눈동자는 불안한지 쉬지 않고 움직였다.
　그때 그의 핸드폰이 울렸다.
　발신 번호는 천시현.
　천하민 대표가 서둘러 전화를 받았다.
　"장일현을 찾았어?"
　다급한 목소리로 말했지만 천시현은 여유로웠다.

-지금 찾아뵐게요.

━━━━━⟡⟡━━━━━

천시현이 차에 오르며 귀에 핸드폰을 댔다.

그녀가 통화하고 있는 사람은 김석훈이었다.

"지금 그게 무슨 말이죠?"

천시현의 표정은 한없이 차가웠고 그녀의 목소리는 불안했지만 수화기 너머로 들려오는 김석훈의 목소리는 여유로웠다.

방금 천시현이 천하민과 전화할 때와는 반대의 상황이었다.

-내가 자네에게 조언해 주기는 더는 어려울 것 같아.

천시현이 붉은 입술을 잘근 깨물었다. 그리고 화를 잠시 참아 낸 후 입을 열었다.

"지금 그게 무슨 소리죠? 천하민한테 전화해서 가 보라면서요! 그래서 전화하고 가고 있는데 이제 와서 도와줄 수 없다니, 지금 장난치는 건가요?"

수화기 너머에서 김석훈의 한숨 소리가 흘러나왔다.

-아냐, 그런 게 아니야. 나도 정보를 받고 알려 주는 곳이 있을 것 아닌가? 그쪽에서 장일현이 있는 곳을 찾았다고 했어.

"그럼, 그곳을 가르쳐 주면 되는 거잖아요? 난 그 장소를 가지고 천하민과 거래를 하고요. 내가 방송국을 받으면 김석훈 의원님께 보험사는 주겠다니까요."

-보험사는 됐어. 회사 같은 건 운영하고 싶지 않아.

"그럼요? 뭐가 필요한 거죠? 돈이라면 원하는 만큼 준다니까요?"

천시현으로서는 김석훈의 조언이 간절했다.

김석훈의 말을 들어서 천하민과 회사를 거래할 수 있는 입장까지 왔다. 하지만 지금 김석훈이 빠진다면 천시현으로서는 답이 없었다.

김석훈이 말했다.

-천호령 회장님께서 USB를 가지고 있는 것 알고 있나?

"USB요?"

천시현의 차가 빠르게 도로를 달리고 있었다.

천하민 대표가 있는 제왕 호텔로 향하는 길이었다.

천시현의 입술이 꽉 닫혔다.

'USB라고?'

그녀는 천호령 회장에게 USB가 있는지 모르고 있었다. 하지만 천호령 회장이 중요한 것을 어디에 숨기고 있는지는 알고 있었다.

바로 서재에 있는 금고다.

그리고 그녀는 금고의 비밀번호도 알고 있다.

핸들을 잡은 그녀의 손가락이 작게 움직였다.

생각하고 있었다.

어느 것이 더 유리할까?

당장 천하민 대표에게 장일현을 넘겨주는 게 유리할까?

아니면 아버지가 아낀다는 USB를 김석훈에게 넘기는 게 좋을까?

그녀의 눈이 작게 떠졌다.

김석훈은 USB에 뭐가 있는진 잘 모르지만 국회의원들의 비리가 담겨 있을 것이라는 추측성의 말을 했다.

'국회의원의 비리와 방송국.'

그녀의 머릿속에서 저울질이 시작되었다. 그리고 그녀의 붉은 입술이 말려 올라갔다.

어차피 이 상황이면 그녀는 어떤 회사도 받지 못한다.

갑작스레 천호령 회장이 죽기라도 한다면 지붕 위의 닭을 바라보는 개가 될지도 몰랐다.

그건 싫었다.

당장 눈앞의 이득을 얻는다.

그게 그녀의 선택이었다.

잠시 후.

천시현은 천하민 대표와 마주 앉았다.

천하민 대표가 간절한 눈빛으로 천시현을 바라보며 말했다.

"장일현을 찾았어?"

천시현이 가볍게 고개를 끄덕였다.

"네."

천하민 대표의 눈이 크게 떠졌다.

"그래? 어디야? 놈이 어디에 있어? 당장……."

하지만 천하민 대표는 말을 더 잇지 못했다.

천시현의 차가운 눈과 마주했기 때문이다.

자리에 바로 앉는 천하민 대표를 보며 천시현이 말했다.

"변호사부터 부를까요?"

"……."

"회사 내에 있는 법무 팀을 부르면 아버지의 귀에 들어갈 테니까, 내 개인 변호사를 부르겠어요. 방송국과 보험사에 관한 지분을 넘기세요. 물론, 이것 역시 아버지에게 들키면 안 되니까 지금 당장 지분을 넘길 수는 없겠죠?"

"어떻게 하자는 거지?"

"일단 계약부터 하고 정리는 아버지가 돌아가신 후에 천천히 하는 걸로 하죠."

천하민 대표는 떨리는 눈동자로 천시현을 바라봤다.

천시현이 살짝 미소 지었다.

"고민할 필요 없잖아요. 오빠가 제왕 그룹의 회장에 앉으면 내게 넘긴 지분이 크게 느껴지겠어요? 세상을 가졌을 텐데."

천시현은 웃고 있지만 천하민은 웃지 못했다.

그저 천시현을 물끄러미 바라보고 있을 뿐이었다.

그리고 고개를 끄덕였다.

"그렇게 하지."

"좋아요, 계약 성립."

천하민 대표의 입에서 낮게 한숨이 흘렀다.

천시현이 말했다.

"장일현을 찾기 위해선 오빠가 도와야 할 일이 있어요."

"요구 조건이 또 있다고?"

천시현이 고개를 저었다.

"이번 요구 조건은 나를 위한 게 아니에요. 장일현을 찾기 위한 거죠. 나도 돌리고 있는 정보원 쪽이 있잖아요. 그들이 요구하는 게 돈이 아니에요."

"그럼 뭐지?"

"오빠가 회장 자리에 오르는 걸 요구하고 있어요."

뜬금없는 소리에 천하민 대표가 눈을 작게 떴다.

천시현이 말했다.

"내일 오후에 아버지를 모시고 맛있는 식사를 하고 오세요. 제 정보원들이 그 모습을 사진에 담을 겁니다."

"……!"

"그래서 기사로 낼 생각인가 봐요. 세상은 천하민 대표를 범죄자 취급하고 있지만 천호령 회장은 아들을 아끼고 있다. 이런 식의 제목이겠죠."

천하민 대표가 고개를 저었다.

"그런 사진이 돌게 되면 사람들을 자극할 뿐이야. 검찰 조사와 상관없이 여유롭게 밥이나 처먹고 다닌다며 손가락질하겠지."

천시현이 살짝 미소 지었다.

"그게 어때서요?"

"……!"

"벌레들이 지껄인다고 뭐가 어때서요?"

천하민 대표의 눈엔 의문이 가득 떠올랐다.

천시현이 맑게 웃으며 천하민 대표에게 말했다.

"벌레들이 지껄여 봤자 풀벌레 울음소리일 뿐입니다. 우리에겐 어떤 해도 끼치지 못해요. 기껏해 봤자 불매운동이겠죠."

천하민 대표는 가만히 천시현의 말에 귀를 기울였다.

천시현이 계속 말했다.

"하지만 그 사진을 본 둘째 오빠, 천유성은 어떨까요? 아버지의 마음이 셋째 오빠에게 갔다고 생각하지 않을까요?"

천하민 대표의 입술이 말려 올라갔다.

이제야 무슨 말을 하고 있는지 예상되었다.

천시현이 계속 말했다.

"천유성 오빠는 벌써 자기가 왕이 되었다고 착각하는 것 같던데, 이런 상황에 그런 기사를 보면 어떻게 생각할까나? 세상이 손가락질해도 여유롭게 아버지와 식사하는 모습. 내가 생각하는 천유성 오빠의 성격이라면 그 사진을 보곤……."

"무리수를 쓰겠지. 그 무리수를 기다렸다가 여론을 천유성에게 돌릴 기회가 될지도 모르고."

"맞아요. 검찰 조사야 국민의 관심이 식은 후엔 어려울 거 없잖아요? 돈 좀 주고받고 타협하면 될 것 같은데요."

"좋아. 그 생각, 마음에 들어."

천하민의 입가에 슬쩍 미소가 걸렸다.

그리고 그를 보는 천시현의 입가에도 미소가 걸렸다.

지금까지 천시현이 말한 것은 천하민 대표를 이용해 천호령 회장을 서재에서 빼내려는 계획일 뿐이다.

천호령 회장이 나가야 금고를 확인할 수 있기 때문이다.

천시현은 생각했다.

'나도 이제 많이 늘었네?'

그녀의 붉은 입술이 더욱 말려 올라갔다.

다음 날.

천호령 회장의 자택.

천시현은 자신의 방에서 커튼을 살짝 열어 밖을 보고 있었다.

천호령 회장의 차량이 밖으로 빠져나가는 게 그녀의 눈에 들어왔다.

그녀는 작게 한숨을 내쉬며 몸을 돌렸다.

그녀가 향하는 곳은 천호령 회장의 방이었다.

그녀가 긴 복도를 걸어 지나가자 집을 정리하고 있던 직원들은 허리를 굽혀 인사했다.

하지만 천시현은 다른 사람들은 상관하지 않고 앞으로 걸어갈 뿐이다.

그녀는 천호령 회장의 침실로 들어섰다. 그리고 침대 옆에 있는 금고로 향했다.

버튼을 누르자 문이 쉽게 열렸다.

안에는 열쇠와 몇 가지의 서류가 보였다.

서류는 그녀의 관심사가 아니다.

그녀가 원하는 것은 서재에 있는 금고를 열 열쇠였다.

그리고 그녀는 자리에서 일어나 다시 걷기 시작했다.

잠시 후, 그녀가 서재로 통하는 복도에 들어섰다.

복도를 쓸고 있는 가정부가 눈에 보였다.

"내가 부를 때까지 여기에 있지 마. 나가."

차가운 목소리에 가정부는 고개를 살짝 숙인 후 복도를 떠났다.

천시현은 다시 걸음을 옮겼다.

그녀가 서재로 들어가는 문고리를 잡았다.

그녀의 입에서 긴장된 한숨이 흘렀다.

마지막 망설임이자, 마지막 저울질이었다.

아버지를 배신하는 것과 방송국을 얻는 것.

어느 것이 더 중요할까?

결론은 한순간에 났다.

끼릭. 문고리가 돌아갔다.

그녀는 방송국을 선택했다.

그때 그녀의 핸드폰이 울렸다.

단순히 핸드폰의 벨 소리였지만 긴장된 상태였기에 그녀는 꽤 많이 놀랐다.

발신 번호를 확인하자 김석훈이었다.

"네, 말씀하세요."

─집 밖에서 천호령 회장님이 오시는지 망볼 사람을 심어 뒀어. 걱정하지 말고 움직이도록 해.

"알았어요."

그녀는 가볍게 한숨을 내쉬었다.

아무래도 긴장될 수밖에 없었다.

그리고 문을 열고 서재 안으로 들어갔다.

타박타박.

조용한 공간에 그녀의 발소리가 울렸다.

긴장해서 그런지 발소리가 더 크게 들리는 것 같았다.

그녀는 천천히 천호령 회장의 책상 앞으로 다가갔다.

그리고 그녀의 눈에 의자 뒤에 있는 금고가 들어왔다.

차량을 타고 이동하고 있던 천호령 회장은 턱을 만지고 있었다.

주름진 그의 눈이 차갑게 창밖을 바라보고 있었다.

'뭔가 이상해.'

뭔가 걸리는 게 있었다.

천하민에게 밖에서 식사하자는 말을 들었을 때, 처음엔 흔쾌히 허락했지만 시간이 갈수록 답답해지기만 했다.

하지만 그 걸리는 게 무엇인지 알 수 없었다.

천호령 회장의 눈이 작게 떠졌다.

답답함의 원인을 몰랐기에 지금 일어나는 상황부터 객관적으로 생각하기로 했다.

천하민, 천유성과 식사를 하지 않는 건 아니다.

가끔 밖에서 만나 식사를 하기도 했다.

하지만 지금은 밖에서 식사를 하기는 어려운 시국이었다.

세상의 모든 눈이 천하민을 바라보고 있기 때문이다.

게다가 천하민은 겁이 많은 성격이었다.

이런저런 걱정을 달고 있는 천하민이 세상의 눈을 신경 쓰지 않고 대담하게 밖에서 밥을 먹자고 할 일은 없었다.

여기까지 생각한 천호령 회장은 답답함의 이유를 찾아냈
다. 그것은 바로 천하민의 평소와 다른 행동이었다.

이제 이유를 찾았다면 원인을 생각해 봐야 했다.

천호령 회장은 걱정을 안고 사는 천하민이 어째서 대담해
졌는지를 생각하기 시작했다.

그리고 그의 주름진 눈이 더욱 작게 떠졌다.

'설마?'

천호령 회장은 핸드폰을 들어 천하민 대표에게 전화를 걸
었다.

—네, 아버지. 언제 오세요? 전 거의 도착했어요.

"시현이가 시키더냐?"

—……!

수화기 너머에서 순간적으로 호흡이 끊기는 걸 느꼈다.

천호령 회장의 주름진 눈에 화가 차올랐다.

천하민 대표의 목소리가 흘러나왔다.

—아뇨, 아니에요. 그냥 아버지와 오랜만에 식사 한번 하
고 싶어서 그런 겁니다.

"알았다. 차가 조금 밀리니 오래 걸릴 것 같구나."

천호령 회장은 전화를 끊었다. 그리고 기사를 향해 말했다.

"차 돌려. 집으로 가."

"알겠습니다."

차량은 유턴을 위해 1차선으로 붙었다.

천호령 회장은 살짝 눈을 감았다.

'시현이가 왜?'

천시현이 천호령 회장을 집에서 내보내기 위해 술수를 썼다는 것까지는 예상되었다. 하지만 무슨 이유로……?

순간 천호령 회장은 얼마 전 천시현이 남편을 찾고 있다는 이야기를 떠올렸다.

천호령 회장의 입이 꽉 다물렸다.

그가 기사에게 말했다.

"밟아."

"네, 알겠습니다."

차량에서 굉음이 울리기 시작했다.

천시현은 금고 앞에 앉아 있었다.

그녀가 비밀번호를 눌렀다.

이제는 키를 꽂아 돌리면 금고가 열리게 된다.

작게 한숨을 내쉰 그녀가 들고 있던 키를 금고에 꽂으려 할 때, 그녀의 핸드폰이 울렸다.

김석훈이었다.

─천호령 회장이 왔어!

"네? 지금요?"

－어서 빠져나가!

"알겠어요."

그녀는 전화를 끊고 아주 잠깐 고민했다.

USB를 가지고 나갈까, 아니면 이대로 벗어날까.

차량이 차고에 들어서고 천호령 회장이 이곳까지 올 시간은 5분여다. 그 정도면 USB를 손에 쥐기엔 충분한 시간이었다.

여기까지 왔는데 포기할 수 없었다.

방송국이 눈앞에 있다.

그녀는 들고 있던 열쇠를 금고에 꽂았다.

삐리릭. 소리와 함께 금고가 열렸다.

침실에 있을 때보다 더 많은 서류가 금고 안에 보였다.

이번에도 서류는 그녀의 관심 밖이었다.

가장 아래쪽에 작은 상자 하나가 눈에 들어왔다.

천시현은 상자를 들어 안을 확인했다.

USB다.

천시현은 상자에서 USB만 꺼내 손에 쥔 뒤, 다시 금고의 문을 닫았다. 그리고 긴장된 숨을 내뱉으며 자리에서 일어섰다.

이제 아무렇지 않은 척 밖으로 나가면 일은 끝난다.

그녀는 그렇게 생각하며 천천히 서재를 벗어나기 위해 걸음을 옮겼다.

이제 문만 열면 끝이다.

무사히 밖으로 나갈 수 있다.

그녀는 서둘러 문고리를 손에 잡았다. 그리고 열었다.

그 앞에는 천호령 회장이 서 있었다.

그 시각, 김석훈 국회의원 사무실.

희우는 김석훈과 마주 앉아 있었다.

김석훈이 손목을 들어 시간을 확인하며 말했다.

"연락이 없어. 불안해."

희우가 말했다.

"걸렸다고 해도 천시현이 김석훈 의원님을 팔지는 않을 겁니다."

"그게 무슨 소리지?"

"김석훈 의원님은 천시현에게 있어서 마지막까지 잡고 있어야 할 동아줄이니까요."

"그럼? 천시현이 혼자 뒤집어쓸 위인은 아니야."

희우가 슬쩍 미소 지었다.

"저를 팔 겁니다."

"......!"

"제왕 그룹과 적대적이며 USB를 손에 쥐었을 때 가장 위험한 사람이니까요. 그런데 이렇게 생각해 보니까 김석훈 의원님도 천호령 회장의 의심의 눈초리에서 벗어날 수는 없겠네요."

김석훈이 피식 웃었다.

"그렇지. 천시현이 자네를 판다면 나 역시 의심받을 수밖에 없지."

김석훈이 물었을 때, 천시현은 USB의 존재를 알지 못하고 있었다. 어쩌면 천유성이나 천하민 역시 그 존재를 모를 수 있었다.

천호령 회장에게 걸린 천시현이 김희우가 시켰다는 거짓을 전한다면, 천호령 회장은 희우에게 USB를 알려 준 사람이 김석훈이라는 결론을 지을 수밖에 없었다.

희우가 말했다.

"지금으로써는 천시현이 걸리지 않기를 바랄 수밖에 없군요."

김석훈이 고개를 끄덕였다.

"하지만 만에 하나 천시현이 걸려서 자네의 이름을 팔았을 경우에는 어떻게 할 건가?"

희우가 어깨를 으쓱해 보였다.

그 시각.

천시현은 고개를 숙이고 있었다.

천호령 회장이 무서운 표정으로 그녀를 향해 한발 다가서며 말했다.

"뭘 한 거지?"

천호령 회장이 다가서자 천시현이 한발 물러섰다. 그리고 고개를 저으며 말했다.

"한 거 없어요."

"네 남편 놈이 어디로 갔는지 찾고 있던 거 아냐?"

"아니에요."

천호령 회장은 가만히 천시현을 바라봤다.

그녀가 한쪽 손을 부자연스럽게 꽉 쥐고 있는 게 눈에 들어왔다. 천호령 회장이 그녀의 팔을 낚아챘다.

손에 들고 있던 USB가 천호령 회장의 눈에 보였다.

천호령 회장의 얼굴이 분노로 가득 차올랐다.

"누가 이런 짓을 시킨 거지?"

천시현이 천호령 회장의 눈을 피하며 머뭇거렸다.

천호령 회장의 노기 어린 목소리가 크게 울렸다.

"누구야!"

천시현이 떨리는 목소리로 말했다.

"기, 김희우요."

그날 저녁.

서재의 문이 열리고 조진석이 안으로 들어왔다.

천호령 회장에게 꾸벅 허리를 굽힌 조진석이 책상 앞으로 다가와 섰다.

"부르셨습니까?"

"그래, 해야 할 일이 생겼어. 일을 조금 빨리 진행해야 할 것 같아."

"어떤 일을 할까요?"

천호령 회장이 조진석의 앞으로 서류 몇 가지를 들어 건네며 말했다.

"이 자료들을 모두 언론에 뿌려."

조진석이 물끄러미 자료를 바라봤다.

가장 첫 번째 사진에는 희우가 지금 구속되어 있는 천하 그룹 김용준 회장과 함께 있는 모습이었다.

천호령 회장이 말했다.

"김희우가 천하 그룹의 사태와 관련 있다는 의혹이야."

"······!"

다음 사진에는 희우가 제왕 호텔에 들어가고 있는 사진이었다.

"김희우가 제왕 화학, 제왕 호텔과 관련 있다는 의혹이지."

그리고 그다음은 천하 그룹 앞에서 시위를 하는 시위대의 청원서였다.

천호령 회장이 말했다.

"김희우가 시위대를 돈으로 구워삶으려 했다는 의혹이야."

"……!"

"지금 대한민국이 시끄러운 모든 이유가 김희우 때문이라고 언론에 흘려. 모든 게 김희우가 만들어 낸 하나의 계획이었고 공작이었어. 불을 지펴. 활활 타오르게 해서 김희우를 태워 버려."

조진석이 고개를 끄덕였다.

"아, 알겠습니다."

조진석의 시선이 다시 자료로 향했다.

이건 마녀사냥이었다.

지금 가지고 있는 자료만으로도 김희우라는 인물을 지옥으로 보낼 수 있을 것 같았다.

조진석의 시선이 천호령 회장에게 향했다.

천호령 회장의 분노한 눈빛이 무섭게 빛나고 있었다.

다음 권으로 이어집니다

역대급

양강 퓨전 장편소설

『전설이 되는 법』의 **양강** 신작!
역대급 재미가 펼쳐진다!

마법과 몬스터가 존재했던 전생을 기억하고
피와 전투를 갈구하며 평범한(?) 삶을 살던 다한.
하늘이 보랏빛으로 물든 날, 전생과 같은 시험이 시작된다!

행성 '패인글리트'로의 이주권을 위한 차원 간 경쟁!
'격'을 높여 인류를 구원하라!

다한과 그의 가족은 전생의 기억 덕에
승격 시험에서 유리한 고지를 차지하지만
새로운 행성을 향한 세계의 이권 다툼 속에
표적이 되고 마는데……

새로운 룰이 세상을 지배한다
'격'이 높은 자가 모든 것을 가진다!

꿈의 도약, 로크에서 하십시오
(주)로크미디어에서 신인 작가를 모십니다

즐거운 세상, 로크미디어는 꿈을 사랑하고 도전을 두려워하지 않는 작가 분들의 참신한 작품을 기다리고 있습니다. 21세기 장르 문학계를 이끌어 갈 차세대 선두 주자 (주)로크미디어에서 여러분의 나래를 활짝 펴 보시길 바랍니다.

모집 분야 판타지와 무협을 포함한 장르 문학
모집 대상 아마추어 작가, 인터넷 작가
모집 기한 수시 모집
작품 접수 시 유의 사항
1. 파일명은 작가명_작품명.hwp형식을 갖춰 주십시오.
1. 파일에 들어갈 내용은 다음과 같습니다.
   - 성명(필명인 경우 실명을 밝혀 주세요), 연락처, 이메일 주소
   - 제목, 기획 의도
   - A4용지 1장 분량의 등장인물 소개
   - A4용지 2장 분량의 전체 줄거리
   - 본문
1. 작품이 인터넷에 연재되고 있다면, 게시판명과 사이트의 구체적이고 정확한 주소를 기재해 주십시오.

선택된 작품은 정식 계약 후 출판물로 간행되어 전국 서점에 유통됩니다.
작가 분은 (주)로크미디어의 전폭적인 지원하에 전속 작가로 활동하시게 됩니다.
※ 자세한 내용은 로크미디어 홈페이지(rokmedia.com)를 참조하세요.

(03920)서울시 마포구 성암로 330 DMC첨단산업센터 3층 314호
(주)로크미디어 편집부 신간 기획 담당자 앞
전화 : 02 - 3273 - 5135
www.rokmedia.com   이메일 : rokmedia@empas.com

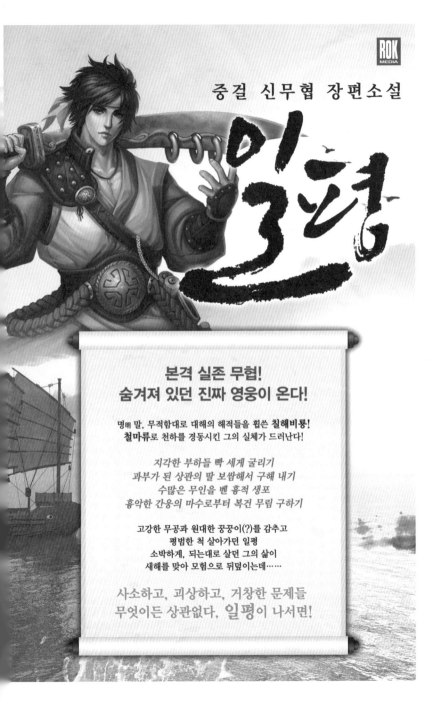

ROK MEDIA

중걸 신무협 장편소설

일평

본격 실존 무협!
숨겨져 있던 진짜 영웅이 온다!

명뼈 말, 무적함대로 대해의 해적들을 휩쓴 **칠해비룡!**
철마류로 천하를 경동시킨 그의 실체가 드러난다!

지각한 부하들 빡 세게 굴리기
과부가 된 상관의 딸 보쌈해서 구해 내기
수많은 무인을 벤 흉적 생포
흉악한 간웅의 마수로부터 복건 무림 구하기

고강한 무공과 원대한 꿍꿍이(?)를 감추고
평범한 척 살아가던 일평
소박하게, 되는대로 살던 그의 삶이
새해를 맞아 모험으로 뒤덮이는데……

사소하고, 괴상하고, 거창한 문제들
무엇이든 상관없다, **일평**이 나서면!